# CHRYSALIDAS

POESIAS

DE

MACHADO DE ASSIS

COM UM PREFACIO DO DR. CAETANO FILGUEIRAS.

RIO DE JANEIRO

LIVRARIA DE B. L. GARNIER

Rua do Ouvidor, 69.

—

1864

todavia ItaúCultural

# Machado de Assis

ooooooooo

# Crisálidas

## Poesias

Organização e apresentação
Hélio de Seixas Guimarães

oooooooooooooooooooooooooooooooooooo

Todos os livros de Machado de Assis

# Apresentação

Hélio de Seixas Guimarães

*Crisálidas* é o primeiro livro de poemas de Machado de Assis. O título, que se refere ao estágio intermediário da metamorfose da lagarta em borboleta, pode dar ideia de um escritor ainda muito iniciante, o que corresponde em parte à situação de Machado de Assis em 1864. Àquela altura, o jovem de 25 anos que ambicionava um grande futuro já tinha percorrido um longo caminho, trabalhado muito e sofrido várias perdas pessoais, situação que parece condensada no poema "Os dous horizontes": "No presente, — sempre escuro, —/ Vive a alma ambiciosa/ Na ilusão voluptuosa/ Do passado e do futuro".

Este é o quarto livro em que seu nome figura na capa como autor. Desde outubro de 1854, quando publicou o primeiro texto de sua autoria de que se tem notícia até o momento, o soneto dedicado "À Ilma. Sra. D. P. J. A.", no *Periódico dos Pobres* — já lá iam dez anos! —, ele vinha escrevendo versos em álbuns, como era costume do tempo, e publicando-os nos mais variados periódicos e com as assinaturas mais diversas, tais como A., Assis, J. M. M. de Assis, J. M. Machado de Assis, J. M. M. A., M. de Assis, Machado d'Assis, Joaquim Maria Machado d'Assis, e também sob o nome que adotaria para assinar todos os seus livros: Machado de Assis. Entre os periódicos destaca-se *A Marmota Fluminense*, depois renomeada *A Marmota*, do seu amigo e incentivador Francisco de Paula Brito, afrodescendente como ele, e o primeiro a editar um livro do jovem escritor, a peça *Desencantos*, de 1861.

Em setembro de 1864, quando *Crisálidas* saiu, Machado de Assis já era figura bem conhecida nos meios jornalísticos, literários e teatrais do Rio de Janeiro. Solteiro, frequentava teatros e participava de várias associações, como o Conservatório Dramático Brasileiro, a Sociedade Ensaios Literários e o Retiro Literário Português. Sua convivência com portugueses radicados no Rio era intensa, e muitas das amizades que fez por essa época, com Artur Napoleão, Ernesto Cibrão, Francisco Ramos Paz, Francisco Gonçalves Braga e Faustino Xavier de Novais, seriam decisivas tanto para sua trajetória pessoal como para seu percurso literário. O prefácio de Caetano Filgueiras, que acompanha a primeira edição do livro, traz um bom panorama dos lugares e das amizades de Machado por esse tempo, que incluíam o poeta Casimiro de Abreu, nascido no mesmo ano de Machado de Assis, 1839, e morto precocemente aos 21 anos.

*Crisálidas* é o primeiro livro de Machado de Assis publicado pela Livraria de B. L. Garnier, mediante contrato celebrado com o editor francês em 26 de julho de 1864. Órfão de pai e mãe, dedicou-o "À memória de Francisco José de Assis e Maria Leopoldina Machado de Assis, meus pais". A colaboração regular com Baptiste-Louis Garnier vinha desde o ano anterior, quando se tornou um dos principais nomes do *Jornal das Famílias*, periódico no qual saíram alguns poemas de sua autoria e mais de sessenta contos. As colaborações com editoras e imprensa respondiam pelo sustento do escritor, ainda não firmado na carreira burocrática, que alguns anos mais tarde lhe proporcionaria uma situação material mais estável.

Aos 25 anos, o escritor não só se entrosara no meio cultural carioca como já adquirira um notável repertório. Neste livro de estreia na poesia, é grande a quantidade e variedade de referências de que lança mão, o que se nota nas epígrafes dos poemas que compõem o volume, metade deles publicados pela primeira vez na edição de 1864. Elas incluem referências bíblicas, com citações de versículos do Gênesis e versos do Cântico dos Cânticos; referências clássicas, com trechos de Homero, Dante, Camões e Sá de Miranda; alguns dos maiores nomes do romantismo francês, como Théophile Gautier, Alfred de Musset, Mme. de Staël, Alexandre Dumas Filho e Victor Hugo; e também do romantismo alemão, com versos de Heinrich Heine, e do romantismo polonês, com citações a Adam Mickiewicz. Destes dois últimos escritores são traduzidos respectivamente os poemas "As ondinas" e "Alpujarra", que se juntam a outros quatro textos traduzidos, ou adaptados, reunidos neste volume: "Lúcia", de Musset, "A jovem cativa", de André Chénier, "Cleópatra — Canto de um escravo", de Mme. Émile de Girardin, e "Maria Duplessis", de Dumas Filho.

O conjunto de nomes dá ideia do equilíbrio que o jovem escritor procura estabelecer entre as formas e os assuntos clássicos e as ideias românticas, criando uma tensão, muito peculiar em seus escritos, resultante da combinação de referências antigas, modernas e contemporâneas. Assim, à maneira clássica, o poeta abre o livro com uma invocação à musa, alternando os decassílabos com versos de seis sílabas. Entretanto, o tom de "*Musa consolatrix*" é inequivocamente romântico, com versos cheios de angústia e desilusão da vida e dos homens, estados de espírito que só a poesia poderia aplacar. A evocação da musa retorna no poema que fecha o livro, "Última folha", que começa e termina com a mesma estrofe de quatro versos: "Musa, desce do alto da montanha/ Onde aspiraste o aroma da poesia,/ E deixa ao eco dos sagrados ermos/ A última harmonia".

O tom grave dos poemas de abertura e fechamento atravessa os versos dedicados a mulheres levadas pela morte, como em "Maria Duplessis", "Lúcia" e "Ludovina Moutinho", e se faz presente também nas referências religiosas de "O dilúvio", "Fé" e "A caridade". A seriedade, entretanto, é quebrada por várias peças de tom irreverente, como "As ventoinhas" e "Os arlequins". Neste último, apresentado como "Sátira", o poeta pede ajuda para deter e punir os fanfarrões e impostores da poesia:

Musa, depõe a lira!
Cantos de amor, cantos de glória esquece!
Novo assunto aparece
Que o gênio move e a indignação inspira.
Esta esfera é mais vasta,
E vence a letra nova a letra antiga!
Musa, toma a vergasta,
E os arlequins fustiga!

O tom satírico tem um de seus pontos altos no poema "Embirração", que o poeta português Faustino Xavier de Novais escreve em resposta a "Aspiração". Neste, Machado de Assis se derrama em elogios ao poeta mais velho e, em 78 versos alexandrinos, procura consolar o irmão de Carolina Xavier de Novais — e também a si mesmo — da indiferença do mundo aos poetas, desprezo que seria compensado pela glória futura, a ser usufruída na companhia do Senhor. A resposta de Faustino não poderia ser mais irreverente. Também em 78 versos, alexandrinos, com acentos na sexta e na 12ª sílabas poéticas, ele critica a seriedade e o sentimentalismo do jovem poeta. Sobretudo, reprova a adesão à "balda alexandrina", para ele um sinal inequívoco de imperdoável francesismo, como era visto o emprego desses versos longos em certos círculos brasileiros e portugueses. Desconsiderando todas as queixas relativas à solidão, à indiferença, às dores, ao desterro, Faustino repudia o emprego dos alexandrinos, qualificados sucessivamente como "erro", "castigo" e "impassível algoz". E remata o poema com um "— Ler verso alexandrino... Oh! isso não, Senhor!".

Vale notar que "Aspiração" e "Embirração" haviam saído juntos, em 1862, num mesmo número do periódico *O Futuro*, do qual Faustino Xavier fora editor e Machado de Assis um assíduo colaborador. A decisão de incluir tanto o poema como o poema-resposta no seu primeiro livro de poesia indica o apreço que o poeta mais novo tinha pelo poeta mais velho. Naquela altura, Faustino Xavier era muito conhecido em Portugal e no Brasil. Ao chegar ao Rio de Janeiro, em 1858, foi saudado com um poema de Casimiro de Abreu. Sua presença no livro era um inequívoco sinal de prestígio, ainda que seus versos não fossem lá muito lisonjeiros ao poeta mais jovem. Por ocasião da publicação de suas *Poesias completas*, em 1901, Machado não incluiu nenhum dos dois poemas na nova versão de *Crisálidas* que preparou para o livro.

O texto de mais fôlego, mais conhecido e mais celebrado deste volume são os "Versos a Corina", uma das poucas páginas de Machado de Assis publicadas em

Portugal durante o seu tempo de vida. Com seis partes e 413 versos na versão publicada em *Crisálidas*, trata-se de um tour de force composto de versos muito variados, incluindo desde hexassílabos até os indefectíveis alexandrinos, que cultivou vida afora, a despeito das reprimendas de Faustino. O gosto por esses versos era tão arraigado que Antônio Feliciano de Castilho atribuiu a Machado o epíteto “príncipe dos alexandrinos”, antes que esses versos ficassem associados aos parnasianos e especialmente a Olavo Bilac, de quem se diz que tinha um alexandrino no próprio nome, já que Olavo Brás Martins dos Guimarães Bilac tem doze sílabas.

Corina é o nome da musa de Machado de Assis nesse poema, no qual demonstra sua ambição de torná-la uma figura imortal, e que o imortalizasse também, à maneira dos grandes poetas. Leiam-se os versos, que permaneceram, por diversos motivos:

> Que valem glórias vãs? A glória, a melhor glória,
> É esta que nos orna a poesia da história;
> É a glória do céu, é a glória do amor.
> É Tasso eternizando a princesa Leonor;
> É Lídia ornando a lira ao venusino Horácio;
> É a doce Beatriz, flor e honra do Lácio,
> Seguindo além da vida as viagens do Dante;
> É do cantor do Gama o hino triste e amante
> Levando à eternidade o amor de Catarina;
> É o amor que une Ovídio à formosa Corina;
> O de Cíntia a Propércio, o de Lésbia a Catulo;
> O da divina Délia ao divino Tibulo.
> Esta a glória que fica, eleva, honra e consola;
> Outra não há melhor.

O trecho, que traz uma tópica muito frequente nos escritos de Machado de Assis — a do reconhecimento e da glória literários —, dá uma dimensão da ambição do jovem poeta. Ele põe sua Corina ao lado de Leonor, Lídia, Beatriz, Catarina, outra Corina (a de Ovídio), Cíntia, Lésbia e Délia. Com isso, situa-se entre Tasso, Horácio, Dante, Camões, Ovídio, Propércio, Catulo e Tibulo! Vale notar ainda que o penúltimo verso do trecho reproduzido anteriormente — "Esta a glória que fica, eleva, honra e consola" — foi escolhido por José Veríssimo e Lúcio de Mendonça como dístico da Academia Brasileira de Letras, quando Machado de Assis ainda estava vivo e presidia a instituição. Por ocasião da nova publicação do poema, em 1901, no volume *Poesias completas*, esse trecho foi suprimido. Com isso, o velho escritor, amplamente reconhecido e celebrado, talvez tentasse compensar o ato de imodéstia cometido na juventude.

O poeta que vai às alturas também está muito atento ao que vai em redor. Contra a acusação de absenteísmo que pesou sobre o escritor durante tanto tempo, este volume demonstra que a escravidão e a questão racial estão presentes de maneira muito potente também em sua poesia, mesmo quando o assunto é estrategicamente deslocado para outros tempos e espaços ou é tratado a partir da tradução e adaptação de outros autores. Em "Polônia", lemos: "Em proveito dos reis a terra livre/ Foi repartida, e os filhos teus — escravos —/ Viram descer um véu de luto à pátria/ E apagar-se na história a glória tua". Lemos, em "A jovem cativa", uma tradução do poema "La Jeune captive", de André Chénier, no qual o poeta registra em primeira pessoa o lamento anônimo de uma mulher aprisionada.

Em "Cleópatra — Canto de um escravo", paráfrase de uma tragédia de Mme. Émile de Girardin, um homem escravizado é condenado a morrer pela ousadia de ter se apaixonado pela princesa do Egito. Os suplícios da escravidão são lembrados nestes versos dilacerantes:

> Deixa alimentar teus corvos
> Em minhas carnes rasgadas,
> Venham rochas despenhadas
> Sobre meu corpo rolar,
> Mas não me tires dos lábios
> Aquele nome adorado,
> E ao meu olhar encantado
> Deixa essa imagem ficar.

A repercussão de *Crisálidas* demonstra a atenção que Machado de Assis despertava entre seus pares. Logo após a publicação, saíram pelo menos oito artigos sobre o livro. Ainda quando apontavam defeitos em relação à métrica, o excesso de referências estrangeiras, o descuido de alguns versos e a imperfeição de certos versos alexandrinos, os críticos elogiavam o talento do autor e a elevação do seu estilo.

## Referências bibliográficas

ASSIS, Machado de. *Correspondência de Machado de Assis, tomo I: 1860-1869*. Coord. de Sergio Paulo Rouanet. Org. e comentários de Irene Moutinho e Sílvia Eleutério. Rio de Janeiro: Academia Brasileira de Letras, 2008.

BRASIL. MINISTÉRIO DA EDUCAÇÃO E SAÚDE PÚBLICA. *Exposição Machado de Assis: Centenário do nascimento de Machado de Assis:*

*1839-1939*. Intr. de Augusto Meyer. Rio de Janeiro: Serviço Gráfico do Ministério da Educação e Saúde, 1939.
CARVALHO, Castelar de. *Dicionário de Machado de Assis: Língua, estilo, temas*. 2. ed. rev. e atual. Rio de Janeiro: Lexikon, 2018.
HENRIQUES, Claudio Cezar. *Atas da Academia Brasileira de Letras: Presidência Machado de Assis (1896-1908)*. Rio de Janeiro: Academia Brasileira de Letras, 2001.
MACHADO, Ubiratan (Org.). *Machado de Assis: Roteiro da consagração (crítica em vida do autor)*. Rio de Janeiro: EdUERJ, 2003.
______. *Dicionário de Machado de Assis*. 2. ed. rev. e ampl. São Paulo: Imprensa Oficial; Rio de Janeiro: Academia Brasileira de Letras; Lisboa: Imprensa Nacional, 2021.
SOUSA, José Galante de. *Bibliografia de Machado de Assis*. Rio de Janeiro: Instituto Nacional do Livro, 1955.
______. *Fontes para o estudo de Machado de Assis*. Rio de Janeiro: Instituto Nacional do Livro, 1958.
______. "Cronologia de Machado de Assis" [1958]. *Cadernos de Literatura Brasileira: Machado de Assis*, São Paulo, Instituto Moreira Salles, n. 23/24, pp. 10-40, jul. 2008.

# Sobre esta edição

Esta edição tomou como base a primeira, a única com a configuração aqui apresentada, que segue a forma como o livro saiu em 1864 no Rio de Janeiro pela Livraria de B. L. Garnier e impresso pela Tipografia de Quirino e Irmão. Para o cotejo, foram utilizados os exemplares pertencentes à Biblioteca Brasiliana Guita e José Mindlin, da Universidade de São Paulo, e à Biblioteca do Senado. Também foi consultado o volume de *Poesias completas* da edição crítica das obras de Machado de Assis, organizada pela Comissão Machado de Assis (2. ed. Rio de Janeiro: Civilização Brasileira; Brasília: Instituto Nacional do Livro, 1977, v. 7). Ao texto da presente edição, foram incorporadas as correções indicadas na Errata que aparece no final do livro de 1864.

O estabelecimento do texto orientou-se pelo princípio da máxima fidedignidade àquele tomado como base, adotando as seguintes diretrizes: a pontuação foi mantida, mesmo quando não está em conformidade com os usos atuais; a ortografia foi atualizada, mantendo-se nos poemas as variantes registradas no *Vocabulário ortográfico da língua portuguesa*; os sinais gráficos, tais como aspas, apóstrofos e travessões, foram padronizados; a disposição dos versos na página, com seus recuos menores ou maiores, segue a da edição de base.

Um dos intuitos desta edição é preservar o ritmo de leitura implícito na pontuação que consta em textos sobre os quais atuaram vários agentes, tais como editores, revisores e tipógrafos, mas cuja publicação foi supervisionada pelo escritor. A manutenção das variantes ortográficas, do modo de ordenação das palavras e dos grifos é importante para caracterizar a dicção das personagens e do eu poético, assim como para a sonoridade e a métrica, e constitui um registro, ainda que indireto, dos hábitos de fala e de escrita de um tempo e lugar, o Rio de Janeiro do século XIX. Ali, imigrantes, especialmente de Portugal, conviviam com afrodescendentes — como é o caso da família de origem do escritor e também daquela que Machado de Assis constituiu com Carolina Xavier de Novais —, e as referências literárias e culturais europeias estavam muito presentes nos círculos letrados nos quais Machado de Assis se formou e que frequentou ao longo de toda a vida.

Neste volume, foram mantidas as seguintes variantes registradas no *Vocabulário ortográfico da língua portuguesa* (6. ed. Rio de Janeiro: Academia Brasileira de Letras, 2021): "afecto", "alfim", "contacto", "cousa", "dous", "louro" e a oscilação entre "cálice"/"cálix", "doudo"/ "doido", "fouce"/"foice"; e foram adotadas, nos textos em prosa, as formas mais correntes de "afecto", "céptico", "quotidiano". Foram respeitadas formas como "spectro" (com acréscimo de apóstrofo), "imigos" e contrações, como "d'alma", "n'alma", "d'amor", "d'amanhã", "co'as", "c'um", "n'asa", "c'roado", "tu'alma" e uma das mais frequentes, "minh'alma". "N'um", "n'outro" e demais casos idênticos foram grafados de acordo com o uso corrente, "num", "noutro".

Para a identificação e atualização das variantes, também foram consultados o *Índice do vocabulário de Machado de Assis*, publicação digital da Academia Brasileira de Letras, e o *Vocabulário onomástico da língua portuguesa* (Rio de Janeiro: Academia Brasileira de Letras, 1999). Os *Vocabulários* e o *Índice* são as obras de referência para a ortografia adotada nesta edição. Nos casos em que elas são omissas, manteve-se a grafia que aparece na edição de base.

Os sinais gráficos foram padronizados da seguinte forma: aspas (" "), apóstrofos ('), reticências (...) e travessões (—). Na edição de 1864, as falas de personagens que se estendem por vários versos ou estrofes são introduzidas, a cada verso ou estrofe, por aspas, em alguns casos acompanhadas por travessões. Nesta, a indicação aparece apenas na abertura e no fechamento das falas.

Nas epígrafes e nas notas da edição de 1864, as palavras abreviadas foram desenvolvidas, como se vê neste exemplo: "V*ictor* de Laprade". As epígrafes em língua estrangeira foram mantidas conforme aparecem na edição de 1864; elas estão acompanhadas de notas, nas quais se apresentam uma tradução e, sempre que possível, a indicação das obras de que foram extraídas. Os nomes de autores foram corrigidos.

Nas notas da edição de 1864, reproduzidas ao fim desta, os versos são citados conforme aparecem nos poemas, o que nem sempre se verifica no texto tomado como base.

As intervenções no texto que não seguem os princípios indicados anteriormente, que não se devem a erros evidentes de composição tipográfica ou, nos casos duvidosos, não acompanham a solução da edição crítica, vêm indicadas por notas de fim, chamadas por letras.

As notas de rodapé, chamadas por números, visam elucidar o significado de expressões e referências não facilmente encontráveis nos bons dicionários da língua ou por meio de ferramentas eletrônicas de busca. Por vezes, elas abordam também o contexto a que se referem os escritos. As deste volume foram elaboradas por Audrey Ludmilla do Nascimento Miasso [AM], Hélio de Seixas Guimarães [HG] e Paulo Dutra [PD].

O organizador agradece a José Américo Miranda pela leitura da apresentação e pelas sugestões.

# Machado de Assis

ooooooooo

# Crisálidas

## Poesias

À

*memória*

*de*

*Francisco José de Assis*

*e*

*Maria Leopoldina Machado de Assis*

*Meus pais*

# O poeta e o livro

## Conversação preliminar

### I

Há dez anos!... sim... dez anos!!...

Como resvala o tempo sobre a face da terra?. . .

. . . . . . . . . . . . . . . . . . . .

Éramos sempre cinco, — alguma vez sete:

O mavioso rouxinol das *Primaveras.*

O melífluo cantor das *Esperanças.*

O inspirado autor das *Tentativas.*[1]

O obscuro escritor destas verdades.

O quinto era um menino... uma verdadeira criança: não tinha nome, e posto que hoje todos lho conheçam, não me convém a mim dizê-lo neste lugar, e tão cedo.

### II

Pago o cotidiano tributo à existência material; satisfeitos os deveres de cada profissão, a palestra literária nos reunia na faceira e tranquila salinha do meu escritório.

Ali, — horas inteiras, — alheios às lutas do mundo, conchegados nos lugares e nas afeições, levitas do

1. Os autores das obras citadas nos três versos são, respectivamente, Casimiro de Abreu (1839-60), José Joaquim Cândido de Macedo Júnior (1842-60) e Francisco Gonçalves Braga (1836-60), amigos e referências literárias de Machado de Assis em seus anos de juventude. [HG]

mesmo culto, filhos dos mesmos pais — a pobreza e o trabalho, — em derredor do altar do nosso templo — a mesa do estudo... falávamos de Deus, de amor, de sonhos; conversávamos música, pintura, poesia!...

Ali depúnhamos o fruto das lucubrações da véspera, e na singela festa das nossas crenças, novas inspirações bebíamos para os trabalhos do seguinte dia. Era um contínuo deslizar de ameníssimos momentos; era um suave fugir das murmurações dos profanos; era enfim um dulcíssimo viver nas regiões da fantasia!... E foi esse o berço das *Primaveras*, das *Tentativas*, das *Crisálidas* e das *Efêmeras*, e foi dali que irradiaram os nomes de Casimiro de Abreu, de Macedinho, de Gonçalves Braga, e com esplêndido fulgor o de Machado de Assis!

A morte e o tempo derribaram o altar, e dispersaram os levitas. Do templo só resta o chão em que se ergueu; e dos amigos só ficaram dous... dous para guardar, como Vestais severas, o fogo sagrado das tradições daqueles dias, e para resumir no profundo afeto que os liga, o laço que tão fortemente estreitava os cinco.[2]

E no instante em que este livro chegar às mãos do primeiro leitor, as campas deles, — diz-mo o coração, — se entreabrirão para receber o saudoso suspiro dos irmãos, e um raio simpático da auréola do poeta!

2. Caetano Filgueiras refere-se ao fato de apenas ele e Machado de Assis terem sobrevivido, já que os outros três amigos morreram no ano de 1860. [HG]

## III

Éramos, pois, cinco. Líamos e recitávamos. Denunciávamos as novidades: zurzíamos as profanações: confundíamos nossas lições: — segredávamos nossos amores!

O quinto, — o menino, — depunha, como todos nós, sua respectiva oferenda. Balbuciando apenas a literatura, — ainda novo para os seus mistérios, ainda fraco para o seu peso, nem por isso lhe faltava ousadia; antes sobrava-lhe sofreguidão de saber, ambição de louros. Era vivo, era travesso, era trabalhador.

Aprazia-me de ler-lhe no olhar móvel e ardente a febre da imaginação; na constância das produções a avidez do saber, e combinando no meu espírito estas observações com a naturalidade, o colorido e a luz de conhecimentos literários que ele, — sem querer sem dúvida, — derramava em todos os ensaios poéticos que nos lia, dediquei-me a estudá-lo de perto, e convenci-me, em pouco tempo, de que largos destinos lhe prometia a musa da poesia... E por isso quando, lida alguma composição do nosso jovem companheiro, diziam os outros: *bons versos!* mas simplesmente — *bons versos*, — eu nunca deixava de acrescentar, cheio do que afirmava: — *belo prenúncio de um grande poeta!*

## IV

Correram os anos... e como se a seiva dos ramos perdidos se houvesse concentrado no renovo que ficara, o renovo cresceu, cresceu e vigorou! A profecia se foi todos os dias realizando de um modo brilhante.

Hoje a criança é homem; — o aprendiz jornalista e poeta.

Não me enganara... Adivinhei-o! E se alguém descobrir em mim vaidade quando me atribuo positivamente o privilégio e a autoridade desta profecia, declaro desde já que a não declino, que a quero para mim, que a não cedo a ninguém, porque... porque dela me prezo, porque dela me orgulho, porque o profetizado é Machado de Assis, — o bardo de Corina, — o poeta das *Crisálidas*!

## V

Até aqui o amigo: agora, leitor! o crítico.

Eu disse: — o poeta das *Crisálidas.*

Poeta é o autor: *Crisálidas* é o livro.

Crisálidas e poeta... dous lindos nomes... dous nomes sonoros... mas um deles falso!

Como serpe entre rosas, — no meio de tanta consonância deslizou-se uma contradição.

Crisálida é ninfa, é princípio de transformação, aurora de existência, semente de formosura... e os versos de Machado de Assis são gemas cintilantes, vida espalmada, flores e sorrisos. Na mortalha informe e incolor do casulo a graça está em problema, o movimento em risco: os versos de Machado de Assis só guardaram de *ninfa* a beleza e o dom da aeredade![3]

3. O termo "aeredade", que pelo contexto refere-se ao aspecto aéreo, delicado, da poesia de Machado de Assis, não está registrado no *Vocabulário ortográfico da língua portuguesa*, da Academia Brasileira de Letras, nem nos principais dicionários. [HG]

São fúlgidas borboletas que adejam sobre todas as flores d'alma, revelando a quem as contempla a perfeição da criatura e o gênio do criador. Não são, pois, crisálidas; se o fossem não seria o autor poeta, e Machado de Assis, leitor, é poeta!

Fala-vos o coração de quem vo-lo diz? Não: protesta unicamente a consciência, e juro-o por minha fé de homem de letras!

## VI

A que escola pertence o autor deste livro?

À mística de Lamartine, à cética de Byron, à filosófica do Hugo, à sensualista de Ovídio, à patriótica de Mickiewicz, à americana de Gonçalves Dias? A nenhuma.

Qual o sistema métrico que adotou? Nenhum.

Qual a musa que lhe preside às criações?... A mitológica de Homero, a mista de Camões, a católica do Dante, a libertina de Parny? Nenhuma.

A escola de Machado de Assis é o sentimento; — seu sistema a inspiração: sua musa a liberdade. Tríplice liberdade: liberdade na concepção; liberdade na forma; liberdade na roupagem. Tríplice vantagem: — originalidade, naturalidade, variedade!

Sua alma é um cadinho onde se apuram eflúvios derramados pela natureza. Produz versos como a harpa Eólia produzia sons: — canta e suspira como a garganta do vale em noites de verão; pinta e descreve, como a face espelhada da lagoa o Céu dos nossos sertões. E não lhe pergunteis por quê: não saberia responder-vos. Se insistísseis... parodiar-vos-ia a epígrafe da sua — *Sinhá* —, o versículo do Cântico dos Cânticos, e no tom da maior ingenuidade, dir-vos-ia: — *a minha poesia... é como o óleo derramado!*

E com razão... porque Machado de Assis é a lira, a natureza o plectro. E da ânfora de sua alma ele mesmo ignora quando trasbordam as gotas perfumadas!

## VII

Eis aqui, pois, como Machado de Assis é poeta.

Um Deus benigno, — o mesmo que lhe deu por pátria este solo sem igual, — deu-lhe também o condão de *refletir* a pomposa natureza que o rodeia. Fez mais... mediu por ela esse condão.

Se tivera nascido à sombra do polo, entre os gelos do norte, seus cânticos pálidos e frios traduziriam em silvos os êxtases do poeta; — mas filho deste novo Éden, cercado de infinitas maravilhas, as notas que ele desprende são afinadas pelas grandiosas harmonias que proclamam.

É assim duas vezes *instrumento...* e nesta doce correspondência entre a criatura e o criador, a *Musa ales*, o sagrado mensageiro que une a terra e o Céu é... a inspiração!... É ela que ferve, e derrama da ânfora o óleo perfumado. É ela que marca o compasso ao ritmo, e a escola ao trovador. É ela que lhe diz: canta, chora, ama, sorri... É ela enfim que lhe segreda o tema da canção, e caprichosa, ora chama-se luz, mel, aroma, graça, virtude, formosura, ora se chama Stella, Visão, Erro, Sinhá, Corina!

# VIII

Livres, sentidos, inspirados, os versos do autor das *Crisálidas* são e devem ser eloquentes, harmoniosos e exatos. São — porque ninguém se negará a dizê-lo lendo-os. Devem ser — porque o sentimento e a inspiração constituem a verdadeira fonte de toda a eloquência e de toda a harmonia no mundo moral, e porque a exatidão é o mais legítimo fruto do consórcio destas duas condições.

É um erro atribuir exclusivamente à arte a boa medição do verso. É erro igual ao do que recusa ao ignorante de música, ao diletante, a possibilidade de cantar com justeza e expressão. Um verso mal medido é um verso dissonante; é um verso que destaca dentre seus companheiros como a nota desafinada ressalta da torrente de uma escala. Num e noutro caso a inteligência atilada pelo gosto, e o ouvido apurado pela lição — arrancam sem socorro da arte o joio que nascera no meio do trigo, e embora a ela recorram para a perfeição da nova planta, nem por isso deixa esta de passar-lhes pela joeira.

# IX

Para o poeta de sentimento a inspiração brota das belezas da natureza, como se elevam os vapores da superfície da terra; mais do vale do que da montanha; mais daqui do que dali. A natureza também tem altos e baixos para inspiração. O crepúsculo, e mesmo o dilúculo, é mais inspirativo que a luz meridiana: — o majestoso silêncio da floresta mais do que o frenético bulício da cidade: — o vagido mais do que as cãs.

A poesia que traduz a inspiração, e o verso que fotografa a poesia devem portanto ressentir-se destas diferenças. Por isso não há livro de bom poeta que não comprove esta verdade. Não é o talento que afrouxa ou dorme como Homero: é a inspiração que varia. Nas menos inspiradas subsiste ainda o engenho, e o engenho é muito.

No livro que vamos folhear, talvez julgueis comigo que poucas composições se aproximam da altura em que o poeta colocou a *Visio* e os alexandrinos *a Corina.* Como não havia de ser assim? Machado de Assis *refletiu* a natureza, e a natureza só criou uma Corina!

## X

Entre a poesia — *arte* — e a poesia — *sentimento,* — dá-se, sobre muitas, uma grande diferença: — a erudição.

Como o arrebique que, ocultando os vestígios do tempo revela na face remoçada o poder do artista, mas nunca a mocidade, — a erudição derrama sobre os cantos da lira um verdadeiro fluido galvanizador. A clâmide romana em que se envolve o poeta lhe dissimula — o vácuo do coração, e o coturno grego, que por suado esforço conseguiu calçar, lhe tolhe, apesar de elegante e rico, a naturalidade dos movimentos.

Com demasia de vestidos não é possível correr bem... e a poesia deve correr, correr naturalmente como a infância, como o arroio, como a brisa, e até mesmo como o tufão e como a lava!

O luxo exagerado da roupagem denotava ante a sabedoria antiga — leviandade de juízo: ante a crítica moderna ainda denota na poesia penúria de fantasia. A simplicidade dos modelos Gregos e Hebraicos, que nos legou a literatura dos primeiros tempos desde então proscreveu para o bom gosto, a pretensiosa lição dos pórticos. A facúndia acadêmica sempre emudeceu e atemorizou as almas ingênuas, e nas doces expansões destas, e não nas doutas preleções daquela, colhe a poesia os seus melhores tesouros, e os seus mais caros triunfos.

No gênero de poesia das *Crisálidas*, (único sem dúvida de que falo aqui), é tão evidente esta verdade, tão clara a primazia conferida pelo gosto literário ao improviso sobre a arte, ao sentimento sobre a erudição que basta recordar quais os nomes dos poetas brasileiros ou lusos, que, no meio de tantas e tão variadas publicações, se tornaram e permanecem exclusivamente populares. E para que não vos falte, leitor, um exemplo de notória atualidade comparai Tomás Ribeiro a Teófilo Braga, e dizei-me — se o brilhante talento do segundo poderá jamais disputar a palma da poesia à divina singeleza do primeiro.

Machado de Assis é o nosso Tomás Ribeiro, mais inspirado, talvez, e mais ardente; e como além de poeta é jornalista guarda a erudição para o jornal... digo mal: não guarda... O cantor de Corina quando escreve versos não levanta a pena do papel, e por isso a história nunca depara lugar entre o bico de uma e a superfície do outro.

# XI

Seja, porém, qual for vossa opinião sobre tudo quanto acabo de conversar convosco: seja qual for vosso juízo sobre o modo por que recomendei o livro e o autor, negai-me embora vosso assentimento, mas concedei-me dous únicos direitos. O primeiro é o de fazer-vos crer que estas páginas não são mais do que a dupla e sincera manifestação dos sentimentos do amigo e do crítico. O segundo é o de asseverar-vos, ainda uma vez, que o livro que ides percorrer é flor mimosa de nossa literatura e que o poeta há de ser, — sem dúvida alguma, — uma das glórias literárias deste grande Império.

Na esplêndida cruzada do futuro, são as *Crisálidas* o seu primeiro feito d'armas. Como Bayard a Francisco I, a Musa da Poesia armou-o cavalheiro depois de uma vitória!

Corte em 22 de julho de 1864

DR. CAETANO FILGUEIRAS

# *Musa consolatrix*

(1864)

Que a mão do tempo e o hálito dos homens
Murchem a flor das ilusões da vida,
Musa consoladora,
É no teu seio amigo e sossegado
Que o poeta respira o suave sono.

Não há, não há contigo,
Nem dor aguda, nem sombrios ermos;
Da tua voz os namorados cantos
Enchem, povoam tudo
De íntima paz, de vida e de conforto.

Ante esta voz que as dores adormece,
E muda o agudo espinho em flor cheirosa,
Que vales tu, desilusão dos homens?
Tu que podes, ó tempo?
A alma triste do poeta sobrenada
À enchente das angústias;
E, afrontando o rugido da tormenta,
Passa cantando, alcíone divina.

Musa consoladora,
Quando da minha fronte de mancebo
A última ilusão cair, bem como
Folha amarela e seca
Que ao chão atira a viração do outono,
Ah! no teu seio amigo

→

Acolhe-me, — e terá minha alma aflita,
Em vez de algumas ilusões que teve,
A paz, o último bem, último e puro!

# Stella

(1862)

*Ouvre ton aile et pars...*
Th*éophile* Gautier[4]

Já raro e mais escasso
A noite arrasta o manto,
E verte o último pranto
Por todo o vasto espaço.

Tíbio clarão já cora
A tela do horizonte,
E já de sobre o monte
Vem debruçar-se a aurora.

À muda e torva irmã,
Dormida de cansaço,
Lá vem tomar o espaço
A virgem da manhã.

Uma por uma, vão
As pálidas estrelas, →

4. "Abre tua asa e parte...", em tradução livre do francês. Essas palavras constam em pelo menos dois poemas do autor: na penúltima estrofe de "Le Bengali" [O bengali], incluído em *Albertus, ou L'Âme et le péché: Légende théologique* [Alberto ou A alma e o pecado: Lenda teológica] (1833), e no segundo poema da seção "Fantaisies" [Fantasias], do volume *Poésies complètes* [Poesias completas] (1858). A epígrafe aproveita apenas um trecho do verso, e as reticências sinalizam o corte. [AM]

E vão, e vão com elas
Teus sonhos, coração.

Mas tu, que o devaneio
Inspiras do poeta,
Não vês que a vaga inquieta
Abre-te o úmido seio?

Vai. Radioso e ardente,
Em breve o astro do dia,
Rompendo a névoa fria,
Virá do roxo oriente.

Dos íntimos sonhares
Que a noite protegera,
De tanto que eu vertera[A]
Em lágrimas a pares,

Do amor silencioso,
Místico, doce, puro,
Dos sonhos de futuro,
Da paz, do etéreo gozo,

De tudo nos desperta
Luz de importuno dia;
Do amor que tanto a enchia
Minha alma está deserta.

A virgem da manhã
Já todo o céu domina...
Espero-te, divina,
Espero-te, amanhã.

# Lúcia

(Alf*red* de Musset — 1860)

Nós estávamos sós; era de noite;
Ela curvara a fronte, e a mão formosa,
Na embriaguez da cisma,
Tênue deixava errar sobre o teclado;
Era um murmúrio; parecia a nota
De aura longínqua a resvalar nas balsas
E temendo acordar a ave no bosque;
Em torno respiravam as boninas
Das noites belas as volúpias mornas;
Do parque os castanheiros e os carvalhos
Brando embalavam orvalhados ramos;
Ouvíamos a noite; entrefechada,
A rasgada janela
Deixava entrar da primavera os bálsamos;
A várzea estava erma e o vento mudo;
Na embriaguez da cisma a sós estávamos,
E tínhamos quinze anos!

Lúcia era loura e pálida;
Nunca o mais puro azul de um céu profundo
Em olhos mais suaves refletiu-se.
Eu me perdia na beleza dela,
E aquele amor com que eu a amava — e tanto! —
Era assim de um irmão o afecto casto,
Tanto pudor nessa criatura havia!

Nem um som despertava em nossos lábios;
Ela deixou as suas mãos nas minhas;
Tíbia sombra dormia-lhe na fronte,
E a cada movimento — na minh'alma
Eu sentia, meu Deus, como fascinam
Os dous signos de paz e de ventura:
Mocidade da fronte
E primavera d'alma.
A lua levantada em céu sem nuvens
Com uma onda de luz veio inundá-la;
Ela viu sua imagem nos meus olhos,
Um riso de anjo desfolhou nos lábios
E murmurou um canto.

. . . . . . . . . . . . . . . . . . . .

Filha da dor, ó lânguida harmonia!
Língua que o gênio para amor criara —
E que, herdada do céu, nos deu a Itália!
Língua do coração — onde alva ideia,
— Virgem medrosa da mais leve sombra, —
Passa envolta num véu e oculta aos olhos!
Que ouvirá, que dirá nos teus suspiros
Nascidos do ar, que ele respira — o infante?
Vê-se um olhar, uma lágrima na face,
O resto é um mistério ignoto às turbas,
Como o do mar, da noite e das florestas!

Estávamos a sós e pensativos.
Eu contemplava-a. Da canção saudosa
Como que em nós estremecia um eco.
Ela curvou a lânguida cabeça...
Pobre criança! — no teu seio acaso →

Desdêmona gemia?[5] Tu choravas,
E em tua boca consentias triste
Que eu depusesse estremecido beijo;
Guardou-o[A] a tua dor ciosa e muda:
Assim, beijei-te descorada e fria,
Assim, depois tu resvalaste à campa;
Foi, como a vida, tua morte um riso,
E a Deus voltaste no calor do berço.

Doces mistérios do singelo teto
Onde a inocência habita;
Cantos, sonhos d'amor, gozos de infante,
E tu, fascinação doce e invencível,
Que à porta já de Margarida, — o Fausto
Fez hesitar ainda,
Candura santa dos primeiros anos,
Onde parais agora?
Paz à tua alma, pálida menina!
Ermo de vida, o piano em que tocavas
Já não acordará sob os teus dedos!

5. A menção ambígua a Desdêmona pode despertar no leitor deste poema a memória de um relacionamento inter-racial e interdito. A insistência em realçar a brancura da personagem feminina sugere uma sátira ao modelo das musas "descoradas", veneradas por personagens masculinos cuja aparência física nunca é descrita pelo escritor. Machado, "homem de seu tempo", talvez estivesse aproximando símbolos caros a seus leitores, em chave provocativa. [PD]

# O dilúvio

(1863)

*E caiu a chuva sobre a terra*
*quarenta dias e quarenta noites.*
Gênesis, *Capítulo* VII, *versículo* 12

Do sol ao raio esplêndido,
Fecundo, abençoado,
A terra exausta e úmida
Surge, revive já;
Que a morte inteira e rápida
Dos filhos do pecado
Pôs termo à imensa cólera
Do imenso Jeová!

Que mar não foi! que túmidas
As águas não rolavam!
Montanhas e planícies
Tudo tornou-se um mar;
E nesta cena lúgubre
Os gritos que soavam
Era um clamor uníssono
Que a terra ia acabar.

Em vão, ó pai atônito,
Ao seio o filho estreitas;
Filhos, esposos, míseros,
Em vão tentais fugir!
Que as águas do dilúvio →

Crescidas e refeitas,
Vão da planície aos píncaros
Subir, subir, subir!

Só, como a ideia única
De um mundo que se acaba,
Erma, boiava intrépida,
A arca de Noé;
Pura das velhas nódoas
De tudo o que desaba,
Leva no seio incólumes
A virgindade e a fé.

Lá vai! Que um vento alígero,
Entre os contrários ventos,
Ao lenho calmo e impávido
Abre caminho além...
Lá vai! Em torno angústias,
Clamores e lamentos;
Dentro a esperança, os cânticos,
A calma, a paz e o bem.

Cheio de amor, solícito,
O olhar da divindade,
Vela os escapos náufragos
Da imensa aluvião.
Assim, por sobre o túmulo
Da extinta humanidade
Salva-se um berço: o vínculo
Da nova criação.

Íris, da paz o núncio,
O núncio do concerto,
Riso do Eterno em júbilo,
Nuvens do céu rasgou;
E a pomba, a pomba mística,
Voltando ao lenho aberto,
Do arbusto da planície
Um ramo despencou.

Ao sol e às brisas tépidas
Respira a terra um hausto,
Viçam de novo as árvores,
Brota de novo a flor;
E ao som de nossos cânticos,
Ao fumo do holocausto
Desaparece a cólera
Do rosto do Senhor.

# Visio

(1864)

Eras pálida. E os cabelos,
Aéreos, soltos novelos,
Sobre as espáduas caíam...
Os olhos meio-cerrados
De volúpia e de ternura
Entre lágrimas luziam...
E os braços entrelaçados,
Como cingindo a ventura,
Ao teu seio me cingiam...

Depois, naquele delírio,
Suave, doce martírio
De pouquíssimos instantes,
Os teus lábios sequiosos,
Frios, trêmulos, trocavam
Os beijos mais delirantes,
E no supremo dos gozos
Ante os anjos se casavam
Nossas almas palpitantes...

Depois... depois a verdade,
A fria realidade,
A solidão, a tristeza;
Daquele sonho desperto,
Olhei... silêncio de morte
Respirava a natureza —
Era a terra, era o deserto,

→

Fora-se o doce transporte,
Restava a fria certeza.

Desfizera-se a mentira:
Tudo aos meus olhos fugira;
Tu e o teu olhar ardente,
Lábios trêmulos e frios,
O abraço longo e apertado,
O beijo doce e veemente;
Restavam meus desvarios,
E o incessante cuidado,
E a fantasia doente.

E agora te vejo. E fria
Tão outra estás da que eu via
Naquele sonho encantado!
És outra — calma, discreta,
Com o olhar indiferente,
Tão outro do olhar sonhado,
Que a minha alma de poeta
Não vê se a imagem presente
Foi a visão do passado.

Foi, sim, mas visão apenas;
Daquelas visões amenas
Que à mente dos infelizes
Descem vivas e animadas,
Cheias de luz e esperança
E de celestes matizes:
Mas, apenas dissipadas,
Fica uma leve lembrança,
Não ficam outras raízes.

Inda assim, embora sonho,
Mas, sonho doce e risonho,
Desse-me Deus que fingida
Tivesse aquela ventura
Noite por noite, hora a hora,
No que me resta de vida,
Que, já livre da amargura,
Alma, que em dores me chora,
Chorara de agradecida!

# Fé

(1863)

*Mueve-me enfin tu amor de tal manera*
*Que aunque no hubiera cielo yo te amara.*
Santa Teresa de Jesus[6]

As orações dos homens
Subam eternamente aos teus ouvidos;
Eternamente aos teus ouvidos soem
Os cânticos da terra.

No turvo mar da vida,
Onde aos parcéis do crime a alma naufraga,
A derradeira bússola nos seja,
Senhor, tua palavra.

A melhor segurança
Da nossa íntima paz, Senhor, é esta;
Esta a luz que há de abrir à estância eterna
O fúlgido caminho.

6. "Moves-me ao teu amor de tal maneira,/ Que a não haver o céu ainda te amara", em tradução de Manuel Bandeira. Apesar de a epígrafe atribuir os versos a Santa Teresa de Jesus, não há consenso acerca da autoria. Bandeira, na *Seleta em prosa e verso*, atesta que o soneto seria de um "autor espanhol não identificado". John A. Crow localizou os versos com ligeiras alterações no poema "A Cristo crucificado" (*c.* 1634), do frei mexicano Miguel de Guevara. [AM/HG]

Ah! feliz o que pode,
No extremo adeus às cousas deste mundo,
Quando a alma, despida de vaidade,
Vê quanto vale a terra;

Quando das glórias frias
Que o tempo dá e o mesmo tempo some,
Despida já, — os olhos moribundos
Volta às eternas glórias;

Feliz o que nos lábios,
No coração, na mente põe teu nome,
E só por ele cuida entrar cantando
No seio do infinito.

# A caridade

(1861)

Ela tinha no rosto uma expressão tão calma
Como o sono inocente e primeiro de uma alma
Donde não se afastou ainda o olhar de Deus;
Uma serena graça, uma graça dos céus,
Era-lhe o casto, o brando, o delicado andar,
E nas asas da brisa iam-lhe a ondear
Sobre o gracioso colo as delicadas tranças.

Levava pela mão duas gentis crianças.

Ia caminho. A um lado ouve magoado pranto.
Parou. E na ansiedade ainda o mesmo encanto
Descia-lhe às feições. Procurou. Na calçada
À chuva, ao ar, ao sol, despida, abandonada
A infância lacrimosa, a infância desvalida,
Pedia leito e pão, amparo, amor, guarida.

E tu, ó Caridade, ó virgem do Senhor,
No amoroso seio as crianças tomaste,
E entre beijos — só teus — o pranto lhes secaste
Dando-lhes pão, guarida, amparo, leito e amor.

# A jovem cativa

(André Chénier — 1861)

— "Respeita a fouce a espiga que desponta;
Sem receio ao lagar o tenro pâmpano
Bebe no estio as lágrimas da aurora;
Jovem e bela também sou; turvada
A hora presente de infortúnio e tédio
Seja embora; morrer não quero ainda!

De olhos secos o estoico abrace a morte;
Eu choro e espero; ao vendaval que ruge
Curvo e levanto a tímida cabeça.
Se há dias maus, também os há felizes!
Que mel não deixa um travo de desgosto?
Que mar não incha a um temporal desfeito?

Tu, fecunda ilusão, vives comigo.
Pesa em vão sobre mim cárcere escuro,
Eu tenho, eu tenho as asas da esperança:
Escapa da prisão do algoz humano,
Nas campinas do céu, mais venturosa,
Mais viva canta e rompe a filomela.

Devo acaso morrer? Tranquila durmo,
Tranquila velo; e a fera do remorso
Não me perturba na vigília ou sono;
Terno afago me ri nos olhos todos
Quando apareço, e as frontes abatidas
Quase reanima um desusado júbilo.

Desta bela jornada é longe o termo.
Mal começo; e dos olmos do caminho
Passei apenas os primeiros olmos.
No festim em começo da existência
Um só instante os lábios meus tocaram
A taça em minhas mãos ainda cheia.

Na primavera estou, quero a colheita
Ver ainda, e bem como o rei dos astros,
De sazão em sazão findar meu ano.
Viçosa, sobre a haste, honra das flores,
Hei visto apenas da manhã serena
Romper a luz, — quero acabar meu dia.

Morte, tu podes esperar; afasta-te!
Vai consolar os que a vergonha, o medo,
O desespero pálido devora.
Pales inda me guarda um verde abrigo,
Ósculos o amor, as musas harmonias;
Afasta-te, morrer não quero ainda!" —

Assim, triste e cativa, a minha lira
Despertou escutando a voz magoada
De uma jovem cativa; e sacudindo
O peso de meus dias langorosos,
Acomodei à branda lei do verso
Os acentos da linda e ingênua boca.

Sócios meus de meu cárcere, estes cantos
Farão a quem os ler buscar solícito
Quem a cativa foi; ria-lhe a graça
Na ingênua fronte, nas palavras meigas; →

De um termo à vida, há de tremer, como ela,
Quem aos seus dias for casar seus dias.

# No limiar

(1863)

Caía a tarde. Do infeliz à porta,
Onde mofino arbusto aparecia
De tronco seco e de folhagem morta,

*Ele* que entrava e *Ela* que saía
Um instante pararam; um instante
*Ela* escutou o que *Ele* lhe dizia;

— "Que fizeste? Teu gesto insinuante
Que lhe ensinou? Que fé lhe entrou no peito
Ao mago som da tua voz amante?

Quando lhe ia o temporal desfeito
De que raio de sol o mantiveste?
E de que flores lhe forraste o leito?" —

*Ela*, volvendo o olhar brando e celeste,
Disse: — "Varre-lhe a alma desolada,
Que nem um ramo, uma só flor lhe reste!

Torna-lhe, em vez da paz abençoada,
Uma vida de dor e de miséria,
Uma morte contínua e angustiada.

Essa é a tua missão torva e funérea.
Eu procurei no lar do infortunado
Dos meus olhos verter-lhe a luz etérea.

Busquei fazer-lhe um leito semeado
De rosas festivais, onde tivesse
Um sono sem tortura nem cuidado.

E porque o céu que mais se lhe enegrece,
Tivesse algum reflexo de ventura
Onde o cansado olhar espairecesse,

Uma réstia de luz suave e pura
Fiz-lhe descer à erma fantasia,
De mel ungi-lhe o cálix da amargura.

Foi tudo vão, — foi tudo vã porfia,
A ventura não veio. A tua hora
Chega na hora que termina o dia.

Entra." — E o virgíneo rosto que descora
Nas mãos esconde. Nuvens que correram
Cobrem o céu que o sol já mal colora.

Ambos, com um olhar se compreenderam.
Um penetrou no lar com passo ufano;
Outra tomou por um desvio. Eram:
*Ela* a Esperança, *Ele* o Desengano.

# Quinze anos

(1860)

*Oh! la fleur de l'Eden, pourquoi l'as-tu fannée,*
*Insouciant enfant, belle Eve aux blonds cheveux?*
Alfred de Musset[7]

Era uma pobre criança...
— Pobre criança, se o eras! —
Entre as quinze primaveras
De sua vida cansada
Nem uma flor de esperança
Abria a medo. Eram rosas
Que a douda da esperdiçada
Tão festivas, tão formosas,
Desfolhava pelo chão.
— Pobre criança, se o eras! —
Os carinhos mal gozados
Eram por todos comprados,
Que os afectos de sua alma
Havia-os levado à feira,
Onde vendera sem pena
Até a ilusão primeira
Do seu doudo coração!

7. "Ai! o lírio do Éden, por que murchá-lo/ Em descuido infantil, bela Eva e loira?", em tradução de Álvares de Azevedo. Os versos estão na terceira parte, 13ª estrofe, do poema "Rolla", publicado por Alfred de Musset em 1833 na *Revue des Deux Mondes* [Revista dos Dois Mundos]. [AM]

Pouco antes, a candura,
Co'as brancas asas abertas,
Em um berço de ventura
A criança acalentava
Na santa paz do Senhor;
Para acordá-la era cedo,
E a pobre ainda dormia
Naquele mudo segredo
Que só abre o seio um dia
Para dar entrada a amor.

Mas, por teu mal, acordaste!
Junto do berço passou-te
A festiva melodia
Da sedução… e acordou-te!
Colhendo as límpidas asas,
O anjo que te velava
Nas mãos trêmulas e frias
Fechou o rosto… chorava!

Tu, na sede dos amores,
Colheste todas as flores
Que nas orlas do caminho
Foste encontrando ao passar;
Por elas, um só espinho
Não te feriu… vás[A] andando…
Corre, criança, até quando
Fores forçada a parar!

Então, desflorada a alma
De tanta ilusão, perdida
Aquela primeira calma

→

Do teu sono de pureza;
Esfolhadas, uma a uma,
Essas rosas de beleza
Que se esvaem como a escuma
Que a vaga cospe na praia
E que por si se desfaz;

Então, quando nos teus olhos
Uma lágrima buscares,
E secos, secos de febre,
Uma só não encontrares
Das que em meio das angústias
São um consolo e uma paz;

Então, quando o frio 'spectro
Do abandono e da penúria
Vier aos teus sofrimentos
Juntar a última injúria:
E que não vires ao lado
Um rosto, um olhar amigo
Daqueles que são agora
Os desvelados contigo;

Criança, verás o engano
E o erro dos sonhos teus;
E dirás, — então já tarde, —
Que por tais gozos não vale
Deixar os braços de Deus.

# Sinhá

(Num álbum — 1862)

*O teu nome é como o óleo derramado.*
Salomão, Cântico dos Cânticos[8]

Nem o perfume que expira
A flor, pela tarde amena,
Nem a nota que suspira
Canto de saudade e pena
Nas brandas cordas da lira;
Nem o murmúrio da veia
Que abriu sulco pelo chão
Entre margens de alva areia,
Onde se mira e recreia
Rosa fechada em botão;

Nem o arrulho enternecido
Das pombas, nem do arvoredo
Esse amoroso arruído
Quando escuta algum segredo
Pela brisa repetido;
Nem esta saudade pura
Do canto do sabiá

→

8. O verso está no Cântico dos Cânticos 1,2, conforme aparece na tradução da Bíblia por Antônio Pereira de Figueiredo, da qual havia exemplar da edição de 1866 na biblioteca de Machado de Assis: "fragrantes como os mais preciosos bálsamos. O teu nome é como o óleo derramado: por isso as donzelinhas te amarão". [AM]

Escondido na espessura,
Nada respira doçura
Como o teu nome, Sinhá!

# Erro

(1860)

*Vous...*
*Qui des combats du cœur n'aimez que la victoire*
*Et qui revëz d'amour, comme on rève de glore,*
*L'œil fier et non voilé des pleurs...*
Georges Farcy[9]

Erro é teu. Amei-te um dia
Com esse amor passageiro
Que nasce na fantasia
E não chega ao coração;
Nem foi amor, foi apenas
Uma ligeira impressão;
Um querer indiferente,
Em tua presença vivo,
Nulo se estavas ausente.
E se ora me vês esquivo,
Se, como outrora, não vês
Meus incensos de poeta
Ir eu queimar a teus pés,
É que, — como obra de um dia,
Passou-me essa fantasia.

9. "Vós.../ Que dos combates do coração só amais a vitória/ E que sonhais com amor, como se sonha com a glória,/ O olhar orgulhoso e não velado por lágrimas...", em tradução livre do francês. Os versos, com várias diferenças de grafia, encontram-se na obra póstuma *Reliquiae* [Relíquias] (1831), organizada por Charles Augustin Sainte-Beuve. O trecho está na primeira estrofe de um poema sem título. [AM]

Para eu amar-te devias
Outra ser e não como eras.
Tuas frívolas quimeras,
Teu vão amor de ti mesma,
Essa pêndula gelada
Que chamavas coração,
Eram bem fracos liames
Para que a alma enamorada
Me conseguissem prender;
Foram baldados tentames,
Saiu contra ti o azar,
E embora pouca, perdeste
A glória de me arrastar
Ao teu carro... Vãs quimeras!
Para eu amar-te devias
Outra ser e não como eras...

# Ludovina Moutinho

## Elegia
## (1861)

*A bondade choremos inocente*
*Cortada em flor que, pela mão da morte,*
*Nos foi arrebatada dentre a gente.*
Camões, *Elegias*[10]

Se, como outrora, nas florestas virgens,
Nos fosse dado — o esquife que te encerra
Erguer a um galho de árvore frondosa,
Certo, não tinhas um melhor jazigo
Do que ali, ao ar livre, entre os perfumes
Da florente estação, imagem viva
De teus cortados dias, e mais perto
Do clarão das estrelas.

Sobre teus pobres e adorados restos,
Piedosa a noite, ali derramaria
De seus negros cabelos puro orvalho;
À borda do teu último jazigo
Os alados cantores da floresta
Iriam sempre modular seus cantos;
Nem letra, nem lavor de emblema humano,
Relembraria a mocidade morta; →

10. Os versos da epígrafe estão na "Elegia XX", escrita por ocasião da morte de d. Telo de Menezes. Um dos versos de Camões aparece alterado, com a troca de "acerba morte" por "mão da morte". [AM]

Bastava só que ao coração materno,
Ao do esposo, ao dos teus, ao dos amigos,
Um aperto, uma dor, um pranto oculto,
Dissesse: — Dorme aqui, perto dos anjos,
A cinza de quem foi gentil transunto
De virtudes e graças.

Mal havia transposto da existência
Os dourados umbrais; a vida agora
Sorria-lhe toucada dessas flores
Que o amor, que o talento e a mocidade
À uma repartiam.

Tudo lhe era presságio alegre e doce;
Uma nuvem sequer não sombreava,
Em sua fronte, o íris da esperança;
Era, enfim, entre os seus a cópia viva
Dessa ventura que os mortais almejam,
E que raro a fortuna, avessa ao homem,
Deixa gozar na terra.

Mas eis que o anjo pálido da morte
A pressentiu feliz e bela e pura,
E, abandonando a região do olvido,
Desceu à terra, e sob a asa negra
A fronte lhe escondeu; o frágil corpo
Não pôde resistir; a noite eterna
Veio fechar seus olhos;
Enquanto a alma abrindo
As asas rutilantes pelo espaço,
Foi engolfar-se em luz, perpetuamente,
No seio do infinito;

→

Tal a assustada pomba, que na árvore
O ninho fabricou, — se a mão do homem
Ou a impulsão do vento um dia abate
O recatado asilo, — abrindo o voo,
Deixa os inúteis restos
E, atravessando airosa os leves ares,
Vai buscar noutra parte outra guarida.

Hoje, do que era inda lembrança resta,
E que lembrança! Os olhos fatigados
Parecem ver passar a sombra dela;
O atento ouvido inda lhe escuta os passos;
E as teclas do piano, em que seus dedos
Tanta harmonia despertavam antes,
Como que soltam essas doces notas
Que outrora ao seu contacto respondiam.

Ah! pesava-lhe este ar da terra impura,
Faltava-lhe esse alento de outra esfera,
Onde, noiva dos anjos, a esperavam
As palmas da virtude.

Mas, quando assim a flor da mocidade
Toda se esfolha sobre o chão de morte,
Senhor, em que firmar a segurança
Das venturas da terra? Tudo morre;
À sentença fatal nada se esquiva,
O que é fruto e o que é flor. O homem cego
Cuida haver levantado em chão de bronze
Um edifício resistente aos tempos,
Mas lá vem dia, em que, a um leve sopro,
O castelo se abate,

→

Onde, doce ilusão, fechado havias
Tudo o que de melhor a alma do homem
Encerra de esperanças.

Dorme, dorme tranquila
Em teu último asilo; e se eu não pude
Ir espargir também algumas flores
Sobre a lájea da tua sepultura;
Se não pude, — eu que há pouco te saudava
Em teu erguer, estrela, — os tristes olhos
Banhar nos melancólicos fulgores,
Na triste luz do teu recente ocaso,
Deixo-te ao menos nestes pobres versos
Um penhor de saudade, e lá na esfera
Aonde aprouve ao Senhor chamar-te cedo,
Possas tu ler nas pálidas estrofes
A tristeza do amigo.

# Aspiração

A *Faustino Xavier* de Novais
(1862)

*Qu'aperçois-tu, mon ame? Au fond, n'est-ce-pas Dieu?*
*Tu vas à lui...*
*Victor* de Laprade[11]

Sinto que há na minh'alma um vácuo imenso e fundo,
E desta meia morte o frio olhar do mundo
Não vê o que há de triste e de real em mim;
Muita vez, ó poeta, a dor é casta assim;
Refolha-se, não diz no rosto o que ela é,
E nem que o revelasse, o vulgo não põe fé
Nas tristes comoções da verde mocidade,
E responde sorrindo à cruel realidade.

Não assim tu, ó alma, ó coração amigo;
Nu, como a consciência, abro-me aqui contigo;
Tu que corres, como eu, na vereda fatal
Em busca do mesmo alvo e do mesmo ideal.
Deixemos que ela ria, a turba ignara e vã;
Nossas almas a sós, como irmã junto a irmã,
Em santa comunhão, sem cárcere, sem véus,
Conversarão no espaço e mais perto de Deus.

11. "O que tu entrevês, minha alma? No fundo, não é Deus?/ Tu vais a ele...", em tradução livre do francês. Os versos estão no poema "Contre le Repos" [Contra o repouso], publicado em 1841 no volume *Psyché: Poème* [Psique: Poema]. O trecho da epígrafe está na 12ª estrofe. [AM]

Deus quando abre ao poeta as portas desta vida
Não lhe depara o gozo e a glória apetecida;
Tarja de luto a folha em que lhe deixa escritas
A suprema saudade e as dores infinitas.
Alma errante e perdida em um fatal desterro,
Neste primeiro e fundo e triste limbo do erro,
Chora a pátria celeste, o foco, o centro, a luz,
Onde o anjo da morte, ou da vida, o conduz
No dia festival do grande livramento;
Antes disso, a tristeza, o sombrio tormento,
O torvo azar, e mais, a torva solidão,
Embaciam-lhe n'alma o espelho da ilusão.
O poeta chora e vê perderem-se esfolhadas
Da verde primavera as flores tão cuidadas;
Rasga, como Jesus, no caminho das dores,
Os lassos pés; o sangue umedece-lhe as flores
Mortas ali, — e a fé, a fé mãe, a fé santa,
Ao vento impuro e mau que as ilusões quebranta,
Na alma que ali se vai muitas vezes vacila...

Oh! feliz o que pode, alma alegre e tranquila,
A esperança vivaz e as ilusões floridas,
Atravessar cantando as longas avenidas
Que levam do presente ao secreto porvir!
Feliz esse! Esse pode amar, gozar, sentir,
Viver enfim! A vida é o amor, é a paz,
É a doce ilusão e a esperança vivaz;
Não esta do poeta, esta que Deus nos pôs
Nem como inútil fardo, antes como um algoz.

O poeta busca sempre o almejado ideal...
Triste e funesto afã! tentativa fatal!

→

Nesta sede de luz, nesta fome de amor,
O poeta corre à estrela, à brisa, ao mar, à flor;
Quer ver-lhe a luz na luz da estrela peregrina,
Quer-lhe o cheiro aspirar na rosa da campina,
Na brisa o doce alento, a voz na voz do mar,
Ó inútil esforço! ó ímprobo lutar!
Em vez da luz, do aroma, ou do alento ou da voz,
Acha-se o nada, o torvo, o impassível algoz!

Onde te escondes, pois, ideal da ventura?
Em que canto da terra, em que funda espessura
Foste esconder, ó fada, o teu esquivo lar?
Dos homens esquecido, em ermo recatado,
Que voz do coração, que lágrima, que brado
Do sono em que ora estás te virá despertar?

A esta sede de amar só Deus conhece a fonte?
Jorra ela[A] ainda além deste fundo horizonte
Que a mente não calcula, e onde se perde o olhar?
Que asas nos deste, ó Deus, para transpor o espaço?
Ao ermo do desterro inda nos prende um laço:
Onde encontrar a mão que o venha desatar?

Creio que só em ti há essa luz secreta,
Essa estrela polar dos sonhos do poeta,
Esse alvo, esse termo, esse mago ideal;
Fonte de todo o ser e fonte da verdade,
Nós vamos para ti, e em tua imensidade
É que havemos de ter o repouso final.

É triste quando a vida, erma, como esta, passa;
E quando nos impele o sopro da desgraça →

Longe de ti, ó Deus, e distante do amor!
Mas guardemos, poeta, a melhor esperança:
Sucederá a glória à salutar provança:
O que a terra não deu, dar-nos-á o Senhor!

# Embirração

(A Machado de Assis)

A balda alexandrina é poço imenso e fundo,
Onde poetas mil, flagelo deste mundo,
Patinham sem parar, chamando lá por mim.
Não morrerão, se um verso, estiradinho assim,
Da beira for do poço, extenso como ele é,
Levar-lhes grosso anzol; então eu tenho fé
Que volte um afogado, à luz da mocidade,
A ver no mundo seco a seca realidade.

Por eles, e por mim, receio, caro amigo;
Permite o desabafo aqui, a sós contigo,
Que à moda fazer guerra, eu sei quanto é fatal;
Nem vence o positivo o frívolo ideal;
Despótica em seu mando, é sempre fátua e vã,
E até da vã loucura a moda é prima-irmã:
Mas quando venha o senso erguer-lhe os densos véus,
Do verso alexandrino há de livrar-nos Deus.

*Deus quando abre ao poeta as portas desta vida,*
*Não lhe depara o gozo e a glória apetecida;*
E o triste, se morreu, deixando mal escritas
Em verso alexandrino histórias infinitas,
Vai ter lá noutra vida insípido desterro,
Se Deus, por compaixão, não dá perdão ao erro;
Fechado em quarto escuro, à noite não tem luz,
E se é cá do meu gosto o guarda que o conduz,
Debalde, imerso em pranto, implora o livramento; →

Não torna a ser, aqui, das Musas o tormento;
Castigo alexandrino, eterna solidão,
Terá lá no desterro, em prêmio da ilusão;
Verá queimar, à noite, as rosas esfolhadas,
Que a moda lhe ofertara, e trouxe tão cuidadas,
E ao pé do fogo intenso, ardendo em cruas dores,
Verá que versos tais são galhos, não dão flores;
Que, lendo-os a pedido, a criatura santa,
A paciência lhe foge, a fé se lhe quebranta,
Se vai dum verso ao fim; depois... treme... vacila...[A]
Dormindo, cai no chão; mais tarde, já tranquila,
Sonha com *verso-verso*, e as ilusões floridas,
Risonhas, vêm mostrar-lhe as largas avenidas
Que o longo *verso-prosa* oculta, do porvir!
Sonhando, ao menos, pode amar, gozar, sentir,
Que um sono alexandrino a deixa ali em paz,
Dormir... dormir... dormir... erguer-se, enfim, vivaz,
Bradando: "Clorofórmio! O gênio que te pôs,
A palma cede ao metro esguio, teu algoz!"

E aspiras, vate, assim, da glória ao ideal?
*Triste e funesto afã!... tentativa fatal!*
*Nesta sede de luz, nesta fome d'amor,*
*O poeta corre à estrela, à brisa, ao mar, à flor;*
*Quer ver-lhe a luz na luz da estrela peregrina,*
*Quer-lhe o aroma sentir na rosa da campina,*
*Na brisa o doce alento, a voz na voz do mar;*
*Ó inútil esforço! Ó ímprobo lutar!*
*Em vez da luz, do aroma, ou do alento, ou da voz,*
O verso alexandrino, *o impassível algoz!...*

Não cantas a tristeza, e menos a ventura;
Que em vez do sabiá gemendo na espessura,
Imitarás, no canto, o grilo atrás do lar;
Mas desse estreito asilo, escuro e recatado,
Alegre hás de fugir, que erguendo altivo brado,
A lírica harmonia há de ir-te despertar!

Verás de novo aberta a copiosa fonte!
Da poesia verás tão lúcido o horizonte,
*Que a mente não calcula, e onde se perde o olhar*,
Que nas asas do gênio, a voar pelo espaço,
Da perna sacudindo o alexandrino laço,
Hás de a mão bendizer que o soube desatar.

Do precipício foge, e segue a luz secreta,
*Essa estrela polar dos sonhos do poeta;*
Mas, noutro verso, amigo, onde ao mago ideal
A música se ligue, o senso e a verdade;
— Num destes vai-se, a ler, da vida a imensidade,
Da sílaba primeira à sílaba final!

Meu Deus! Esta existência é transitória e passa;
Se fraco fui aqui, pecando por desgraça;
Se já não tenho jus ao vosso puro amor;
Se nem da salvação nutrir posso a esperança,
Quero em chamas arder, sofrer toda a provança:
— Ler verso alexandrino... Oh! isso não, Senhor!

F*austino* X*avier* de Novais

# Cleópatra

Canto de um escravo
(Mme. Émile de Girardin)

Filha pálida da noite,
Nume feroz de inclemência,
Sem culto nem reverência,
Nem crentes e nem altar,
A cujos pés descarnados...
A teus negros pés, ó morte!
Só enjeitados da sorte
Ousam frios implorar;

Toma a tua foice aguda,
A arma dos teus furores;
Venho c'roado de flores
Da vida entregar-te a flor;
É um feliz que te implora
Na madrugada da vida,
Uma cabeça perdida
E perdida por amor.

Era rainha e formosa,
Sobre cem povos reinava,
E tinha uma turba escrava
Dos mais poderosos reis;
Eu era apenas um servo,
Mas amava-a tanto, tanto,
Que nem tinha um desencanto
Nos seus desprezos cruéis.

Vivia distante dela
Sem falar-lhe nem ouvi-la;
Só me vingava em segui-la
Para a poder contemplar;
Era uma sombra calada
Que oculta força levava,
E no caminho a aguardava
Para saudá-la e passar.

Um dia veio ela às fontes
Ver os trabalhos... não pude,
Fraqueou minha virtude,
Caí-lhe tremendo aos pés.
Todo o amor que me devora,
Ó Vênus, o íntimo peito,
Falou naquele respeito,
Falou naquela mudez.

Só lhe conquistam amores
O herói, o bravo, o triunfante;
E que coroa radiante
Tinha eu para oferecer?
Disse uma palavra apenas
Que um mundo inteiro continha:
— Sou um escravo, rainha,
Amo-te e quero morrer.

E a nova Ísis que o Egito
Adora curvo e humilhado
O pobre servo curvado
Olhou lânguida a sorrir;
Vi Cleópatra, a rainha,

→

Tremer pálida em meu seio;
Morte, foi-se-me o receio,
Aqui estou, podes ferir.

Vem! que as glórias insensatas
Das convulsões mais lascivas,
As fantasias mais vivas,
De mais febre e mais ardor,
Toda a ardente ebriedade
Dos seus reais pensamentos,
Tudo gozei uns momentos
Na minha noite de amor.

Pronto estou para a jornada
Da estância escura e escondida;
O sangue, o futuro, a vida
Dou-te, ó morte, e vou morrer;
Uma graça única — peço
Como última esperança:
Não me apagues a lembrança
Do amor que me fez viver.

Beleza completa e rara
Deram-lhe os numes amigos;
Escolhe dos teus castigos
O que infundir mais terror,
Mas por ela, só por ela
Seja o meu padecimento,
E tenha o intenso tormento
Na intensidade do amor.

Deixa alimentar teus corvos
Em minhas carnes rasgadas,
Venham rochas despenhadas
Sobre meu corpo rolar,
Mas não me tires dos lábios
Aquele nome adorado,
E ao meu olhar encantado
Deixa essa imagem ficar.

Posso sofrer os teus golpes
Sem murmurar da sentença;
A minha ventura é imensa
E foi em ti que eu a achei;
Mas não me apagues na fronte
Os sulcos quentes e vivos
Daqueles beijos lascivos
Que já me fizeram rei.

# Os arlequins

Sátira
(1864)

*Que deviendras dans l'éternité l'âme d'un homme qui a fait Polichinelle toute sa vie?*
Mme. de Staël[12]

Musa, depõe a lira!
Cantos de amor, cantos de glória esquece!
Novo assunto aparece
Que o gênio move e a indignação inspira.
Esta esfera é mais vasta,
E vence a letra nova a letra antiga!
Musa, toma a vergasta,
E os arlequins fustiga!

Como aos olhos de Roma,
— Cadáver do que foi, pávido império
De Caio e de Tibério, —
O filho de Agripina ousado assoma;
E a lira sobraçando,
Ante o povo idiota e amedrontado,
Pedia, ameaçando,
O aplauso acostumado;

12. "O que se tornará na eternidade a alma de um homem que foi Polichinelo toda sua vida?", em tradução livre do francês. A epígrafe alude a trecho do segundo capítulo do livro XI de *Corinne ou l'Italie* [Corina ou a Itália] (1807), de Madame de Staël. [AM]

E o povo que beijava
Outrora ao deus Calígula o vestido,
De novo submetido
Ao régio saltimbanco o aplauso dava.
E tu, tu não te abrias,
Ó céu de Roma, à cena degradante!
E tu, tu não caías,
Ó raio chamejante!

Tal na história que passa
Neste de luzes século famoso,
O engenho portentoso
Sabe iludir a néscia populaça;
Não busca o mal tecido
Canto de outrora; a moderna insolência
Não encanta o ouvido,
Fascina a consciência!

Vede; o aspecto vistoso,
O olhar seguro, altivo e penetrante,
E certo ar arrogante
Que impõe com aparências de assombroso;
Não vacila, não tomba,
Caminha sobre a corda firme e alerta:
Tem consigo a maromba
E a ovação é certa.

Tamanha gentileza,
Tal segurança, ostentação tão grande,
A multidão expande
Com ares de legítima grandeza.
O gosto pervertido

→

Acha o sublime neste abatimento,
E dá-lhe agradecido
O louro e o monumento.

Do saber, da virtude,
Logra fazer, em prêmio dos trabalhos,
Um manto de retalhos
Que a consciência universal ilude.
Não cora, não se peja
Do papel, nem da máscara indecente,
E ainda inspira inveja
Esta glória insolente!

Não são contrastes novos;
Já vêm de longe; e de remotos dias
Tornam em cinzas frias
O amor da pátria e as ilusões dos povos.
Torpe ambição sem peias
De mocidade em mocidade corre,
E o culto das ideias
Treme, convulsa e morre.

Que sonho apetecido
Leva o ânimo vil a tais empresas?
O sonho das baixezas:
Um fumo que se esvai e um vão ruído;
Uma sombra ilusória
Que a turba adora ignorante e rude;
E a esta infausta glória
Imola-se a virtude.

A tão estranha liça
Chega a hora por fim do encerramento,
E lá soa o momento
Em que reluz a espada da justiça.
Então, musa da história,
Abres o grande livro, e sem detença
À envilecida glória
Fulminas a sentença.

# Epitáfio do México

(1862)

*Caminhante, vai dizer aos Lacedemônios que estamos aqui deitados por termos defendido as suas leis.*
Epitáfio das Termópilas[13]

Dobra o joelho: — é um túmulo.
Embaixo amortalhado
Jaz o cadáver tépido
De um povo aniquilado;
A prece melancólica
Reza-lhe em torno à cruz.

Ante o universo atônito
Abriu-se a estranha liça,
Travou-se a luta férvida
Da força e da justiça;
Contra a justiça, ó século,
Venceu a espada e o obus.

Venceu a força indômita;
Mas a infeliz vencida →

13. O "Epitáfio das Termópilas" vem sendo atribuído a Simônides de Ceos (556-468 a.C.), poeta grego, famoso criador de epigramas. Uma versão dele foi publicada no *Almanaque de lembranças luso-brasileiro para o ano de* 1863, no qual o trecho da epígrafe tem a seguinte forma: "Passageiro, vai dizer a Esparta que nós estamos aqui mortos porque defendemos as suas leis". [AM]

A mágoa, a dor, o ódio,
Na face envilecida
Cuspiu-lhe. E a eterna mácula
Seus louros murchará.

E quando a voz fatídica
Da santa liberdade
Vier em dias prósperos
Clamar à humanidade,
Então revivo o México
Da campa surgirá.

# Polônia

(1862)

*E ao terceiro dia a alma deve voltar ao*
*corpo, e a nação ressuscitará.*
Mickiewicz, *Livro da nação polaca*[14]

Como aurora de um dia desejado,
Clarão suave o horizonte inunda.
É talvez a manhã.[A] A noite amarga
Como que chega ao termo; e o sol dos livres,
Cansado de te ouvir o inútil pranto,
Alfim ressurge no dourado Oriente.

Eras livre, — tão livre como as águas
Do teu formoso, celebrado rio;
A coroa dos tempos
Cingia-te a cabeça veneranda;
E a desvelada mãe, a irmã cuidosa,
A santa liberdade,
Como junto de um berço precioso,
À porta dos teus lares vigiava.

Eras feliz demais, demais formosa;
A sanhuda cobiça dos tiranos →

14. As palavras da epígrafe estão no final do "Livro da nação polaca", que Machado de Assis provavelmente leu na tradução francesa de Christien Ostrowski, "Livre de la nation polonaise", mencionada por ele em nota ao poema "Alpujarra", aqui nas pp. 148-9. [AM]

Veio enlutar teus venturosos dias...
Infeliz! a medrosa liberdade
Em face dos canhões espavorida
Aos reis abandonou teu chão sagrado;
Sobre ti, moribunda,
Viste cair os duros opressores:
Tal a gazela que percorre os campos,
Se o caçador a fere,
Cai convulsa de dor em mortais ânsias,
E vê no extremo arranco
Abater-se sobre ela
Escura nuvem de famintos corvos.
Presa uma vez da ira dos tiranos,
Os membros retalhou-te
Dos senhores a esplêndida cobiça;
Em proveito dos reis a terra livre
Foi repartida, e os filhos teus — escravos —
Viram descer um véu de luto à pátria
E apagar-se na história a glória tua.

A glória, não! — É glória o cativeiro,
Quando a cativa, como tu, não perde
A aliança de Deus, a fé que alenta,
E essa união universal e muda
Que faz comuns a dor, o ódio, a esperança.

Um dia, quando o cálix da amargura,
Mártir, até às fezes esgotaste,
Longo tremor correu as fibras tuas;
Em teu ventre de mãe, a liberdade
Parecia soltar esse vagido
Que faz rever o céu no olhar materno;

→

Teu coração estremeceu; teus lábios
Trêmulos de ansiedade e de esperança,
Buscaram aspirar a longos tragos
A vida nova nas celestes auras.
Então surgiu Kosciusko;
Pela mão do Senhor vinha tocado;
A fé no coração, a espada em punho,
E na ponta da espada a torva morte,
Chamou aos campos a nação caída.
De novo entre o direito e a força bruta
Empenhou-se o duelo atroz e infausto
Que a triste humanidade
Inda verá por séculos futuros.
Foi longa a luta; os filhos dessa terra
Ah! não pouparam nem valor nem sangue!
A mãe via partir sem pranto os filhos,
A irmã o irmão, a esposa o esposo,
E todas abençoavam
A heroica legião que ia à conquista
Do grande livramento.

Coube às hostes da força
Da pugna o alto prêmio;
A opressão jubilosa
Cantou essa vitória de ignomínia;
E de novo, ó cativa, o véu de luto
Correu sobre teu rosto!
Deus continha
Em suas mãos o sol da liberdade,
E inda não quis que nesse dia infausto
Teu macerado corpo alumiasse.

Resignada à dor e ao infortúnio,
A mesma fé, o mesmo amor ardente
Davam-te a antiga força.
Triste viúva, o templo abriu-te as portas;
Foi a hora dos hinos e das preces;
Cantaste a Deus; tua alma consolada
Nas asas da oração aos céus subia,
Como a refugiar-se e a refazer-se
No seio do infinito.
E quando a força do feroz cossaco
À casa do Senhor ia buscar-te,
Era ainda rezando
Que te arrastavas pelo chão da igreja.

Pobre nação! — é longo o teu martírio;
A tua dor pede vingança e termo;
Muito hás vertido em lágrimas e sangue;
É propícia esta hora. O sol dos livres
Como que surge no dourado Oriente.
Não ama a liberdade
Quem não chora contigo as dores tuas;
E não pede, e não ama, e não deseja
Tua ressurreição, finada heroica!

# As ondinas

(Noturno de H*einrich* Heine)

Beijam as ondas a deserta praia;
Cai do luar a luz serena e pura;
Cavaleiro na areia reclinado
Sonha em hora de amor e de ventura.

As ondinas, em nívea gaze envoltas,
Deixam do vasto mar o seio enorme;
Tímidas vão, acercam-se do moço,
Olham-se e entre si murmuram: "Dorme!"

Uma — mulher enfim — curiosa palpa
De seu penacho a pluma flutuante;
Outra procura decifrar o mote
Que traz escrito o escudo rutilante.

Esta, risonha, olhos de vivo fogo,
Tira-lhe a espada límpida e lustrosa,
E apoiando-se nela, a contemplá-la
Perde-se toda em êxtase amorosa.

Fita-lhe aquela namorados olhos,
E após girar-lhe em torno embriagada,
Diz: "Que formoso estás, ó flor da guerra,
Quanto te eu dera por te ser amada!"

Uma, tomando a mão ao cavaleiro,
Um beijo imprime-lhe; outra, duvidosa, →

Audaz por fim, a boca adormecida
Casa num beijo à boca desejosa.

Faz-se de sonso o jovem; caladinho
Finge do sono o plácido desmaio,
E deixa-se beijar pelas ondinas
Da branca lua ao doce e brando raio.

# Maria Duplessis

(Al*exandre* Dumas Filho — 1859)

Fiz promessa, dizendo-te que um dia
Eu iria pedir-te o meu perdão;
Era dever ir abraçar primeiro
A minha doce e última afeição.

E quando ia apagar tanta saudade
Encontrei já fechada a tua porta;
Soube que uma recente sepultura
Muda fechava a tua fronte morta.

Soube que, após um longo sofrimento,
Agravara-se a tua enfermidade;
Viva esperança que eu nutria ainda
Despedaçou cruel fatalidade.

Vi, apertado de fatais lembranças,
A escada que eu subira tão contente;
E as paredes, herdeiras do passado,
Que vêm falar dos mortos ao vivente.

Subi e abri com lágrimas a porta
Que ambos abrimos a chorar um dia;
E evoquei o fantasma da ventura
Que outrora um céu de rosas nos abria.

Sentei-me à mesa, onde contigo outrora
Em noites belas de verão ceava;

→

Desses amores plácidos e amenos
Tudo ao meu triste coração falava.

Fui ao teu camarim, e vi-o ainda
Brilhar com o esplendor das mesmas cores;
E pousei meu olhar nas porcelanas
Onde morriam inda algumas flores...

Vi aberto o piano em que tocavas;
Tua morte o deixou mudo e vazio,
Como deixa o arbusto sem folhagem,
Passando pelo vale, o ardente estio.

Tornei a ver o teu sombrio quarto
Onde estava a saudade de outros dias...
Um raio iluminava o leito ao fundo
Onde, rosa de amor, já não dormias.

As cortinas abri que te amparavam
Da luz mortiça da manhã, querida,
Para que um raio depusesse um toque
De prazer em tua fronte adormecida.

Era ali que, depois da meia-noite,
Tanto amor nós sonhávamos outrora;
E onde até o raiar da madrugada
Ouvíamos bater — hora por hora!

Então olhavas tu a chama ativa
Correr ali no lar, como a serpente;
É que o sono fugia de teus olhos
Onde já te queimava a febre ardente.

Lembras-te agora, nesse mundo novo,
Dos gozos desta vida em que passaste?
Ouves passar, no túmulo em que dormes,
A turba dos festins que acompanhaste?

A insônia, como um verme em flor que murcha,
De contínuo essas faces desbotava;
E pronta para amores e banquetes
Conviva e cortesã te preparava.

Hoje, Maria, entre virentes flores,
Dormes em doce e plácido abandono;
A tua alma acordou mais bela e pura,
E Deus pagou-te o retardado sono.

Pobre mulher! em tua última hora
Só um homem tiveste à cabeceira;
E apenas dous amigos dos de outrora
Foram levar-te à cama derradeira.

# Horas vivas

No álbum da Exma. Sra. D. C. F. de Seixas
(1864)

Noite: abrem-se as flores...
Que esplendores!
Cíntia sonha amores
Pelo céu.
Tênues as neblinas
Às campinas
Descem das colinas,
Como um véu.

Mãos em mãos travadas,
Animadas,
Vão aquelas fadas
Pelo ar;
Soltos os cabelos,
Em novelos,
Puros, louros, belos,
A voar.

— "Homem, nos teus dias
Que agonias,
Sonhos, utopias,
Ambições;
Vivas e fagueiras,
As primeiras,
Como as derradeiras
Ilusões!

Quantas, quantas vidas
Vão perdidas,
Pombas malferidas
Pelo mal!
Anos após anos,
Tão insanos,
Vêm os desenganos
Afinal.

Dorme: se os pesares
Repousares,
Vês? — por estes ares
Vamos rir;
Mortas, não; festivas,
E lascivas,
Somos — *horas vivas*
De dormir! —”

# As rosas

A Caetano Filgueiras

Rosas que desabrochais,
Como os primeiros amores,
Aos suaves resplendores
Matinais;

Em vão ostentais, em vão,
A vossa graça suprema;
De pouco vale; é o diadema
Da ilusão.

Em vão encheis de aroma o ar da tarde;
Em vão abris o seio úmido e fresco
Do sol nascente aos beijos amorosos;
Em vão ornais a fronte à meiga virgem;
Em vão, como penhor de puro afecto,
Como um elo das almas,
Passais do seio amante ao seio amante;
Lá bate a hora infausta
Em que é força morrer; as folhas lindas
Perdem o viço da manhã primeira,
As graças e o perfume.
Rosas que sois então? — Restos perdidos,
Folhas mortas que o tempo esquece, e espalha
Brisa do inverno ou mão indiferente.

Tal é o vosso destino,
Ó filhas da natureza;

→

Em que vos pese à beleza,
Pereceis;
Mas, não... Se a mão de um poeta
Vos cultiva agora, ó rosas,
Mais vivas, mais jubilosas,
Floresceis.

# Os dous horizontes

A M. Ferreira Guimarães
(1863)

Dous horizontes fecham nossa vida:

Um horizonte, — a saudade
Do que não há de voltar;
Outro horizonte, — a esperança
Dos tempos que hão de chegar;
No presente, — sempre escuro, —
Vive a alma ambiciosa
Na ilusão voluptuosa
Do passado e do futuro.

Os doces brincos da infância
Sob as asas maternais,
O voo das andorinhas,
A onda viva e os rosais;
O gozo do amor, sonhado
Num olhar profundo e ardente,
Tal é na hora presente
O horizonte do passado.

Ou ambição de grandeza
Que no espírito calou,
Desejo de amor sincero
Que o coração não gozou;
Ou um viver calmo e puro
À alma convalescente,

→

Tal é na hora presente
O horizonte do futuro.

No breve correr dos dias
Sob o azul do céu, — tais são
Limites no mar da vida:
Saudade ou aspiração;
Ao nosso espírito ardente,
Na avidez do bem sonhado,
Nunca o presente é passado,
Nunca o futuro é presente.

Que cismas, homem? — Perdido
No mar das recordações,
Escuto um eco sentido
Das passadas ilusões.
Que buscas, homem? — Procuro,
Através da imensidade,
Ler a doce realidade
Das ilusões do futuro.

Dous horizontes fecham nossa vida.

# Monte Alverne

Ao Padre Mestre A. J. da Silveira Sarmento[15]
(1858)

Morreu! — Assim baqueia a estátua erguida
No alto do pedestal;
Assim o cedro das florestas virgens
Cai pelo embate do corcel dos ventos
Na hora do temporal.

Morreu! — Fechou-se o pórtico sublime
De um paço secular;
Da mocidade a romaria augusta
Amanhã ante as pálidas ruínas
Há de vir meditar!

Tinha na fronte de profeta ungido
A inspiração do céu.
Pela escada do púlpito moderno
Subiu outrora festival mancebo
E Bossuet desceu!

Ah! que perdeste num só homem, claustro!
Era uma augusta voz;
Quando essa boca divinal se abria, →

15. Antônio José da Silveira Sarmento é o nome do padre com quem Machado de Assis teria estudado francês e latim. Em nota a este poema, reproduzida ao final desta edição, o escritor se refere a ele como "um modesto preceptor e um agradável companheiro". [HG]

Mais viva a crença dissipava n'alma
Uma dúvida atroz!

Era tempo? — a argila se alquebrava
Num áspero crisol;
Corrido o véu pelos cansados olhos
Nem via o sol que lhe contava os dias,
Ele — fecundo sol!

A doença o prendia ao leito infausto
Da derradeira dor;
A terra reclamava o que era terra,
E o gelo dos invernos coroava
A fronte do orador.

Mas lá dentro o espírito fervente
Era como um fanal;
Não, não dormia nesse régio crânio
A alma gentil do Cícero dos púlpitos,
— Cuidadosa Vestal!

Era tempo! — O romeiro do deserto
Para um dia também;
E ante a cidade que almejou por anos
Desdobra um riso nos doridos lábios,
Descansa e passa além!

Caíste! — Mas foi só a argila, o vaso,
Que o tempo derrubou;
Não todo à essa foi teu vulto olímpico;
Como deixa o cometa uma áurea cauda,
A lembrança ficou!

O que hoje resta era a terrena púrpura
Daquele gênio-rei;
A alma voou ao seio do infinito,
Voltou à pátria das divinas glórias
O apóstolo da lei.

Pátria, curva o joelho ante esses restos
Do orador imortal!
Por esses lábios não falava um homem,
Era uma geração, um século inteiro,
Grande, monumental!

Morreu! — Assim baqueia a estátua erguida
No alto do pedestal;
Assim o cedro das florestas virgens
Cai pelo embate do corcel dos ventos
Na hora do temporal!

# As ventoinhas

(1863)

*Com seus olhos vaganaus,*
*Bons de dar, bons de tolher.*
Sá de Miranda[16]

A mulher é um cata-vento,
Vai ao vento,
Vai ao vento que soprar;
Como vai também ao vento
Turbulento,
Turbulento e incerto o mar.

Sopra o sul: a ventoinha
Volta asinha,
Volta asinha para o sul;
Vem taful: a cabecinha
Volta asinha,
Volta asinha ao meu taful.

Quem lhe puser confiança,
De esperança,
De esperança mal está; →

16. Os versos estão na "Écloga II", publicada na coletânea *Parnaso lusitano ou poesias seletas dos autores portugueses antigos e modernos* (1826-34). O trecho foi retirado da fala do pastor Gil: "Cantando dos seus solaus/ Que me façam merecer/ Muitos d'estes varapaus;/ Com seus olhos vaganaus,/ Bons de dar, bons de tolher". [AM/HG]

Nem desta sorte a esperança
Confiança,
Confiança nos dará.

Valera o mesmo na areia
Rija ameia,
Rija ameia construir;
Chega o mar e vai a ameia
Com a areia,
Com a areia confundir.

Ouço dizer de umas fadas
Que abraçadas,
Que abraçadas como irmãs,
Caçam almas descuidadas...
Ah que fadas!
Ah que fadas tão vilãs!

Pois, como essas das baladas,
Umas fadas,
Umas fadas dentre nós,
Caçam, como nas baladas;
E são fadas,
E são fadas de alma e voz.

É que — como o cata-vento,
Vão ao vento,
Vão ao vento que lhes der;
Cedem três cousas ao vento:
Cata-vento,
Cata-vento, água e mulher.

# Alpujarra

(Mickiewicz — 1862)

Jaz em ruínas o torrão dos mouros;
Pesados ferros o infiel arrasta;
Inda resiste a intrépida Granada;
Mas em Granada a peste assola os povos.

C'um punhado de heróis sustenta a luta
Fero Almansor nas torres de Alpujarra;
Flutua perto a hispânica bandeira;
Há de o sol d'amanhã guiar o assalto.

Deu sinal, ao romper do dia, o bronze;
Arrasam-se trincheiras e muralhas;
No alto dos minaretes erguem-se as cruzes;
Do castelhano a cidadela é presa.

Só, e vendo as coortes destroçadas,
O valente Almansor após a luta
Abre caminho entre as imigas lanças,
Foge e ilude os cristãos que o perseguiam.

Sobre as quentes ruínas do castelo,
Entre corpos e restos da batalha,
Dá um banquete o Castelhano, e as presas
E os despojos pelos seus reparte.

Eis que o guarda da porta fala aos chefes:
"Um cavaleiro, diz, de terra estranha →

Quer falar-vos; — notícias importantes
Declara que vos traz, e urgência pede."

Era Almansor, o emir dos Muçulmanos,
Que, fugindo ao refúgio que buscara,
Vem entregar-se às mãos do castelhano,
A quem só pede conservar a vida.

"Castelhanos, exclama, o emir vencido
No limiar do vencedor se prostra;
Vem professar a vossa fé e culto
E crer no verbo dos profetas vossos.

Espalhe a fama pela terra toda
Que um árabe, que um chefe de valentes,
Irmão dos vencedores quis tornar-se,
E vassalo ficar de estranho cetro!"

Cala no ânimo nobre ao Castelhano
Um ato nobre... O chefe comovido,
Corre a abraçá-lo, e à sua vez os outros
Fazem o mesmo ao novo companheiro.

Às saudações responde o emir valente
Com saudações. Em cordial abraço
Aperta ao seio o comovido chefe,
Toma-lhe as mãos e pende-lhe dos lábios.

Súbito cai, sem forças, nos joelhos;
Arranca do turbante, e com mão trêmula
O enrola aos pés do chefe admirado,
E junto dele arrasta-se por terra.

Os olhos volve em torno e assombra a todos:
Tinha azuladas, lívidas as faces,
Torcidos lábios por feroz sorriso,
Injetados de sangue ávidos olhos.

"Desfigurado e pálido me vedes,
Ó infiéis! Sabeis o que vos trago?
Enganei-vos: eu volto de Granada,
E a peste fulminante aqui vos trouxe."

Ria-se ainda — morto já — e ainda
Abertos tinha as pálpebras e os lábios;
Um sorriso infernal de escárnio impresso
Deixara a morte nas feições do morto.

Da medonha cidade os castelhanos
Fogem. A peste os segue. Antes que a custo
Deixado houvessem de Alpujarra a serra,
Sucumbiram os últimos soldados.

# Versos a Corina

(1864)

OOOOOOOOO

*Tacendo il nome di questa gentilissima.*
Dante[17]

17. "Calando, embora, o nome da gentilíssima mulher", em tradução de Carlos Eduardo Soveral. O trecho está na 23ª parte de *Vida nova* (1294), de Dante Alighieri. [AM]

# I

*Car la beauté tue*
*Qui l'a vue,*
*Elle enivre et tue.*
Auguste Brizeux[18]

Tu nasceste de um beijo e de um olhar. O beijo
Numa hora de amor, de ternura e desejo,
Uniu a terra e o céu. O olhar foi do Senhor,
Olhar de vida, olhar de graça, olhar de amor;
Depois, depois vestindo a forma peregrina,
Aos meus olhos mortais, surgiste-me, Corina!

De um júbilo divino os cantos entoava
A natureza mãe, e tudo palpitava,
A flor aberta e fresca, a pedra bronca e rude,
De uma vida melhor e nova juventude.

Minh'alma adivinhou a origem do teu ser;
Quis cantar e sentir; quis amar e viver;
À luz que de ti vinha, ardente, viva, pura,
Palpitou, reviveu a pobre criatura;
Do amor grande, elevado, abriram-se-lhe as fontes;
Fulgiram novos sóis, rasgaram-se horizontes;
Surgiu, abrindo em flor, uma nova região;
Era o dia marcado à minha redenção.

18. "Porque a beleza mata/ Quem a vê,/ Ela embriaga e mata", em tradução livre do francês. Os versos estão na última estrofe do poema "A Diana". [AM]

Era assim que eu sonhava a mulher. Era assim:
Corpo de fascinar, alma de querubim;
Era assim: fronte altiva e gesto soberano,
Um porte de rainha a um tempo meigo e ufano,
Em olhos senhoris uma luz tão serena,
E grave como Juno, e bela como Helena!
Era assim, a mulher que extasia e domina,
A mulher que reúne a terra e o céu: Corina!

Neste fundo sentir, nesta fascinação,
Que pede do poeta o amante coração?
Viver como nasceste, ó beleza, ó primor,
De uma fusão do ser, de uma efusão do amor.

Viver, — fundir a existência
Em um ósculo de amor,
Fazer de ambas — uma essência,
Apagar outras lembranças,
Perder outras ilusões,
E ter por sonho melhor
O sonho das esperanças
De que a única ventura
Não reside em outra vida,
Não vem de outra criatura;
Confundir olhos nos olhos,
Unir um seio a outro seio,
Derramar as mesmas lágrimas
E tremer do mesmo enleio,
Ter o mesmo coração,
Viver um do outro viver...
Tal era a minha ambição.

Donde viria a ventura
Desta vida? Em que jardim
Colheria esta flor pura?
Em que solitária fonte
Esta água iria beber?
Em que encendido horizonte
Podiam meus olhos ver
Tão meiga, tão viva estrela,
Abrir-se e resplandecer?
Só em ti: — em ti que és bela,
Em ti que a paixão respiras,
Em ti cujo olhar se embebe
Na ilusão de que deliras,
Em ti, que um ósculo de Hebe
Teve a singular virtude
De encher, de animar teus dias,
De vida e de juventude...

Amemos! diz a flor à brisa peregrina,
Amemos! diz a brisa, arfando em torno à flor;
Cantemos esta lei e vivamos, Corina,
De uma fusão do ser, de uma efusão do amor.

# II

*Mon pauvre cœur, reprends ton sublime courage*
*Et me chantes ta joie et ton déchirement.* —
Arsène Houssaye[19]

A minha alma, talvez, não é tão pura,
Como era pura nos primeiros dias;
Eu sei: tive choradas agonias
De que conservo alguma nódoa escura,

Talvez. Apenas à manhã da vida
Abri meus olhos virgens e minha alma,
Nunca mais respirei a paz e a calma,
E me perdi na porfiosa lida.

Não sei que fogo interno me impelia
À conquista da luz, do amor, do gozo,
Não sei que movimento imperioso
De um desusado ardor minha alma enchia.

Corri de campo em campo e plaga em plaga.
(Tanta ansiedade o coração encerra!)
A ver o lírio que brotasse a terra,
A ver a escuma que cuspisse — a vaga.

19. "Meu pobre coração, retoma tua sublime coragem/ E me canta tua alegria e teu tormento", em tradução livre do francês. Os mesmos versos foram encontrados em dois poemas do autor: "L'Enfer" [O inferno], que está nas *Poésies complètes* [Poesias completas] (1852), e "Les Paradis perdus" [Os paraísos perdidos], que consta do volume *Oeuvres poétiques* [Obras poéticas] (1857). [AM]

Mas, no areal da praia, no horto agreste,
Tudo aos meus olhos ávidos fugia...
Desci ao chão do vale que se abria,
Subi ao cume da montanha alpestre.

Nada! Volvi o olhar ao céu. Perdi-me
Em meus sonhos de moço e de poeta;
E contemplei, nesta ambição inquieta,
Da muda noite a página sublime.

Tomei nas mãos a cítara saudosa,
E soltei entre lágrimas um canto...
A terra brava recebeu meu pranto
E o eco repetiu-me a voz chorosa.

Foi em vão. Como um lânguido suspiro,
A voz se me calou, e do ínvio monte
Olhei ainda as linhas do horizonte,
Como se olhasse o último retiro.

Nuvem negra e veloz corria solta
O anjo da tempestade anunciando;
Vi ao longe as alcíones cantando
Doidas correndo à flor da água revolta.

Desiludido, exausto, ermo, perdido,
Busquei a triste estância do abandono,
E esperei, aguardando o último sono,
Volver à terra, de que fui nascido.[A]

— "Ó Cibele fecunda, é no remanso
Do teu seio — que vive a criatura;

→

Chamem-te outros morada triste e escura,
Chamo-te glória, chamo-te descanso!"

Assim falei. E murmurando aos ventos
Uma blasfêmia atroz — estreito abraço
Homem e terra uniu, e em longo espaço
Aos ecos repeti meus vãos lamentos.

Mas, tu passaste... Houve um grito
Dentro de mim. Aos meus olhos
Visão de amor infinito,
Visão de perpétuo gozo
Perpassava e me atraía,
Como um sonho voluptuoso
De sequiosa fantasia.
Ergui-me logo do chão,
E pousei meus olhos fundos
Em teus olhos soberanos,
Ardentes, vivos, profundos,
Como os olhos da beleza
Que das escumas nasceu...
Eras tu, maga visão
Eras tu o ideal sonhado
Que em toda a parte busquei,
E por quem houvera dado
A vida que fatiguei;
Por quem verti tanto pranto,
Por quem nos longos espinhos
Minhas mãos, meus pés sangrei!

Mas se minh'alma, acaso, é menos pura
Do que era pura nos primeiros dias, →

Porque não soube em tantas agonias
Abençoar a minha desventura;

Se a blasfêmia os meus lábios poluíra,
Quando, depois do tempo e do cansaço,
Beijei a terra no mortal abraço
E espedacei desanimado a lira;

Podes, visão formosa e peregrina,
No amor profundo, na existência calma,
Desse passado resgatar minh'alma
E levantar-me aos olhos teus, — Corina!

# III

*Se tu pudesses viver um dia na mi-*
*nh'alma... feliz criatura, tu saberias*
*o que é sofrer!*
Mickiewicz, *Sonetos da Crimeia*[20]

Quando voarem minhas esperanças,
Como um bando de pombas fugitivas;
E destas ilusões doces e vivas
Só me restarem pálidas lembranças;

E abandonar-me a minha mãe Quimera,
Que me aleitou aos seios abundantes;
E vierem as nuvens flamejantes
Encher o céu da minha primavera;

E raiar para mim um triste dia,
Em que, por completar minha tristeza,
Nem possa ver-te, musa da beleza,
Nem possa ouvir-te, musa da harmonia;

Quando assim seja, por teus olhos juro,
Voto minh'alma à escura soledade,
Sem procurar melhor felicidade,
E sem ambicionar prazer mais puro.

20. Embora a epígrafe faça referência aos *Sonetos da Crimeia*, os versos encontram-se na elegia "A D. D.", conforme se lê em *Oeuvres de Adam Mickiewicz* [Obras de Adam Mickiewicz] (1841), na tradução francesa de Christien Ostrowski. [AM]

Como o viajor que, da falaz miragem
Volta desenganado ao lar tranquilo,
E procura, naquele último asilo,
Nem evocar memórias da viagem;

Envolvido em mim mesmo, olhos cerrados
A tudo mais, — a minha fantasia
As asas colherá com que algum dia
Quis alcançar os cimos elevados.

És tu a maior glória de minha alma,
Se o meu amor profundo não te alcança,
De que me servirá outra esperança?
Que glória tirarei de alheia palma?

---

Que valem glórias vãs? A glória, a melhor glória,
É esta que nos orna a poesia da história;
É a glória do céu, é a glória do amor.
É Tasso eternizando a princesa Leonor;
É Lídia ornando a lira ao venusino Horácio;
É a doce Beatriz, flor e honra do Lácio,
Seguindo além da vida as viagens do Dante;
É do cantor do Gama o hino triste e amante
Levando à eternidade o amor de Catarina;
É o amor que une Ovídio à formosa Corina;
O de Cíntia a Propércio, o de Lésbia a Catulo;
O da divina Délia ao divino Tibulo.
Esta a glória que fica, eleva, honra e consola;
Outra não há melhor.
Se faltar esta esmola, →

Corina, ao teu poeta, e se a doce ilusão,
Com que se alenta e vive o amante coração,
Deixar-lhe um dia o céu tão azul, tão tranquilo,
Nenhuma glória mais há de nunca atraí-lo.
Irá longe do mundo e dos seus vãos prazeres,
Viver na solidão a vida de outros seres,
Vegetar como o arbusto, e murchar, como a flor,
Como um corpo sem alma ou alma sem amor.

---

Ah! faze que estas ilusões tão vivas
Nunca se tornem pálidas lembranças;
E nem voem as minhas esperanças
Como um bando de pombas fugitivas!

# IV

*Ne vois-tu pas?*
A. M.[21]

Tu que és bela e feliz, tu que tens por diadema
A dupla irradiação da beleza e do amor;
E sabes reunir, como o melhor poema,
Um desejo da terra e um toque do Senhor;

Tu, criação feliz de um dia de pureza,
Em que a terra não teve um só pecado, irmã
Das visões que sonhou no culto da beleza
A musa de Petrarca e o pincel de Rembrandt;

Tu que, como a ilusão, entre névoas deslizas
Aos versos do poeta um desvelado olhar,
Corina, ouve a canção das amorosas brisas,
Do poeta e da luz, das selvas e do mar.

## As brisas

Deu-nos a harpa eólia a excelsa melodia
Que a folhagem desperta e torna alegre a flor, →

21. "Não vês?", em tradução livre do francês. Essa é uma epígrafe bastante lacunar. Além da brevidade, ela vem assinada somente pelas iniciais. Entre as hipóteses de autoria, a mais forte é a de Alfred de Musset, que repete a pergunta nas quatro quadras do poema "Chanson" [Canção], que consta de *Poésies complètes* [Poesias completas] (1840). [AM]

Mas que vale esta voz, ó musa da harmonia,
Ao pé da tua voz, filha da harpa do amor?

Diz-nos tu como houveste as notas do teu canto?
Que alma de serafim volteia aos lábios teus?
Donde houveste o segredo e o poderoso encanto
Que abre a ouvidos mortais a harmonia dos céus?

## A luz

Eu sou a luz fecunda, alma da natureza;
Sou o vivo alimento à viva criação.
Deus lançou-me no espaço. A minha realeza
Vai até onde vai meu vívido clarão.

Mas se derramo vida a Cibele fecunda,
Que sou eu ante a luz dos teus olhos? Melhor,
A tua é mais do céu, mais doce, mais profunda,
Se a vida vem de mim, tu dás a vida e o amor.

## As águas

Do nume da beleza o berço celebrado
Foi o mar. Vênus bela entre espumas nasceu.
Veio a idade de ferro, e o nume venerado
Do venerado altar baqueou: — pereceu.

Mas a beleza és tu. Como Vênus marinha,
Tens a inefável graça e o inefável ardor. →

Se paras, és um nume; andas, uma rainha,
E se quebras um olhar, és tudo isso e és amor!

Chamam-te as águas, vem! tu irás sobre a vaga
A vaga, a tua mãe, que te abre os seios nus,
Buscar adorações de uma plaga a outra plaga,
E das regiões da névoa às regiões da luz!

## As selvas

Um silêncio de morte entrou no seio às selvas.
Já não pisa Diana este sagrado chão;
Nem já vem repousar no leito destas relvas
Aguardando saudosa o amor e Endimião.[A]

Da grande caçadora a um solícito aceno
Já não vem, não acode o grupo jovial;
Nem o eco repete a flauta de Sileno,
Após o grande ruído a mudez sepulcral.

Mas Diana aparece. A floresta palpita,
Uma seiva melhor circula mais veloz;
É vida que renasce, é vida que se agita;
À luz do teu olhar, ao som da tua voz!

## O poeta

Também eu, sonhador, que vi correr meus dias
Na solene mudez da grande solidão,

→

E soltei, enterrando as minhas utopias,
O último suspiro e a última oração;

Também eu junto a voz à voz da natureza,
E soltando o meu hino ardente e triunfal,
Beijarei ajoelhado as plantas da beleza
E banharei minh'alma em tua luz, — Ideal!

Ouviste a natureza? Às súplicas e às mágoas
Tua alma de mulher deve de palpitar;
Mas que te não seduza o cântico das águas,
Não procures, Corina, o caminho do mar!

# V

*Povero mio cuore! Ecco una separazione*
*di piú nella mia scigurata vita!*
Silvio Pellico[22]

Guarda estes versos que escrevi chorando
Como um alívio à minha soledade,
Como um dever do meu amor; e quando
Houver em ti um eco de saudade,
Beija estes versos que escrevi chorando.

Único em meio das paixões vulgares,
Fui a teus pés queimar minh'alma ansiosa,
Como se queima o óleo ante os altares;
Tive a paixão indômita e fogosa,
Única em meio das paixões vulgares.

Cheio de amor, vazio de esperança,
Dei para ti os meus primeiros passos;
Minha ilusão fez-me, talvez, criança;
E eu pretendi dormir aos teus abraços,
Cheio de amor, vazio de esperança.

22. "Frustrado desejo! Eis uma separação de mais na minha vida tão trabalhada de angústias!", em tradução de Francisco Antônio de Mello. A epígrafe foi retirada de *Le mie prigioni* (1832), traduzido para o português como *As minhas prisões: Memórias de Silvio Pellico*. O início do trecho aparece alterado, com a troca de "*Vano desiderio*" [Frustrado desejo] por "*Povero mio cuore*" [Coitado de ti, meu coração!], expressão que aparece em outro capítulo da mesma obra. [AM]

Refugiado à sombra do mistério
Pude cantar meu hino doloroso;
E o mundo ouviu o som doce ou funéreo
Sem conhecer o coração ansioso
Refugiado à sombra do mistério.

Mas eu que posso contra a sorte esquiva?
Vejo que em teus olhares de princesa
Transluz uma alma ardente e compassiva
Capaz de reanimar minha incerteza;
Mas eu que posso contra a sorte esquiva?

Como um réu indefeso e abandonado,
Fatalidade, curvo-me ao teu gesto;
E se a perseguição me tem cansado,
Embora, escutarei o teu aresto
Como um réu indefeso e abandonado.

Embora fujas aos meus olhos tristes,
Minh'alma irá saudosa, enamorada,
Acercar-se de ti lá onde existes;
Ouvirás minha lira apaixonada,
Embora fujas aos meus olhos tristes.

Talvez um dia meu amor se extinga,
Como fogo de Vesta malcuidado
Que sem o zelo da Vestal não vinga;
Na ausência e no silêncio condenado
Talvez um dia meu amor se extinga.

Então não busques reavivar a chama;
Evoca apenas a lembrança casta

→

Do fundo amor daquele que não ama;
Esta consolação apenas basta;
Então não busques reavivar a chama.

Guarda estes versos que escrevi chorando
Como um alívio à minha soledade,
Como um dever do meu amor; e quando
Houver em ti um eco de saudade,
Beija estes versos que escrevi chorando.

# VI

*O amor tem asas, mas ele também*
*pode dá-las.*
Homero[23]

Em vão! Contrário a amor é nulo o esforço humano;
É nulo o vasto espaço, é nulo o vasto oceano.
Solta do chão, abrindo as asas luminosas,
Minh'alma se ergue e voa às regiões venturosas,
Onde ao teu brando olhar, ó formosa Corina,
Reveste a natureza a púrpura divina!

Lá, como quando volta a primavera em flor,
Tudo sorri de luz, tudo sorri de amor;
Ao influxo celeste e doce da beleza,
Pulsa, canta, irradia e vive a natureza;
Mais lânguida e mais bela a tarde pensativa
Desce do monte ao vale; e a viração lasciva
Vai despertar à noite a melodia estranha
Que falam entre si os olmos da montanha;
A flor tem mais perfume e a noite mais poesia;
O mar tem novos sons e mais viva ardentia;
A onda enamorada arfa e beija as areias,
Novo sangue circula, ó terra, em tuas veias!

O esplendor da beleza é raio criador:
Derrama a tudo a luz, derrama a tudo o amor.

23. O trecho da epígrafe, atribuído a Homero, não foi localizado. [AM]

Mas vê. Se o que te cerca é uma festa de vida,
Eu, tão longe de ti, sinto a dor malsofrida
Da saudade que punge e do amor que lacera,
E palpita e soluça e sangra e desespera.
Sinto em torno de mim a muda natureza
Respirando, como eu, a saudade e a tristeza;
A saudade do bem e a tristeza do mal;
Tristeza sem irmã, saudade sem igual.
É deste ermo que eu vou, alma desventurada,
Murmurar junto a ti a estrofe imaculada
Do amor que não perdeu, co'a última esperança,
Nem o intenso fervor, nem a intensa lembrança.

Sabes se te eu amei, sabes se te amo ainda,
Do meu sombrio céu alva estrela bem-vinda!
Como divaga a abelha inquieta e sequiosa
Do cálice do lírio ao cálice da rosa,
Divaguei de alma em alma em busca deste amor;
Gota de mel divino, era divina a flor
Que o devia conter. Eras tu.
                                        No delírio
De te amar — olvidei as lutas e o martírio;
Eras tu. Eu só quis, numa ventura calma,
Sentir e ver o amor através de uma alma;
De outras belezas vãs não valeu o esplendor,
A beleza eras tu: — tinhas a alma e o amor.

Pelicano do amor, dilacerei meu peito,
E com meu próprio sangue os filhos meus aleito;
Meus filhos: o desejo, a quimera, a esperança;
Por eles reparti minh'alma. Na provança
Ele[A] não fraqueou, antes surgiu mais forte; →

É que eu pus neste amor, neste último transporte
Tudo o que vivifica a minha juventude:
O culto da verdade e o culto da virtude,
A vênia do passado e a ambição do futuro,
O que há de grande e belo, o que há de nobre e puro.

Deste profundo amor, doce e amada Corina,
Acorda-te a lembrança um eco de aflição?
Minh'alma pena e chora à dor que a desatina:
Sente tu'alma acaso a mesma comoção?

Em vão! Contrário a amor é nulo o esforço humano,
É nulo o vasto espaço, é nulo o vasto oceano!

Vou, sequioso espírito,
Cobrando novo alento,
N'asa veloz do vento
Correr de mar em mar;
Posso, fugindo ao cárcere,
Que à terra me tem preso,
Em novo ardor aceso,
Voar, voar, voar!

Então, se à hora lânguida
Da tarde que declina,
Do arbusto da colina
Beijando a folha e a flor,
A brisa melancólica
Levar-te entre perfumes
Uns tímidos queixumes
Ecos de mágoa e dor;

Então, se o arroio tímido
Que arrasta-se e murmura
À sombra da espessura
Dos verdes salgueirais,
Mandar-te entre os murmúrios
Que solta nos seus giros,
Uns como que suspiros
D'amor, uns ternos ais;

Então, se no silêncio
Da noite adormecida,
Sentires — maldormida —
Em sonho ou em visão,
Um beijo em tuas pálpebras,
Um nome aos teus ouvidos,
E ao som de uns ais partidos
Pulsar teu coração;

Da mágoa que consome
O meu amor venceu;
Não tremas: — é teu nome,
Não fujas — que sou eu! —

# Última folha

*Tout passe,*
*Tout fuit.*
V*ictor* Hugo[24]

Musa, desce do alto da montanha
Onde aspiraste o aroma da poesia,
E deixa ao eco dos sagrados ermos
A última harmonia.

Dos teus cabelos de ouro, que beijavam
Na amena tarde as virações perdidas,
Deixa cair ao chão as alvas rosas
E as alvas margaridas.

Vês? Não é noite, não, este ar sombrio
Que nos esconde o céu. Inda no poente
Não quebra os raios pálidos e frios
O sol resplandecente.

Vês? Lá ao fundo o vale árido e seco
Abre-se, como um leito mortuário;
Espera-te o silêncio da planície,
Como um frio sudário.

24. "Tudo passa,/ Tudo foge", em tradução livre do francês. Os versos estão na estrofe final do poema "Les Djinns" [Os djins], que consta do volume *Les Orientales* [As orientais] (1829), onde aparecem em ordem inversa à da epígrafe. [AM]

Desce. Virá um dia em que mais bela,
Mais alegre, mais cheia de harmonias,
Voltes a procurar a voz cadente
Dos teus primeiros dias.

Então coroarás a ingênua fronte
Das flores da manhã, — e ao monte agreste,
Como a noiva fantástica dos ermos,
Irás, musa celeste!

Então, nas horas solenes
Em que o místico himeneu
Une em abraço divino
Verde a terra, azul o céu;

Quando, já finda a tormenta
Que a natureza enlutou,
Bafeja a brisa suave
Cedros que o vento abalou;

E o rio, a árvore e o campo,
A areia, a face do mar,
Parecem, como um concerto,
Palpitar, sorrir, orar;

Então sim, alma de poeta,
Nos teus sonhos cantarás
A glória da natureza,
A ventura, o amor e a paz!

Ah! mas então será mais alto ainda;
Lá onde a alma do vate

→

Possa escutar os anjos,
E onde não chegue o vão rumor dos homens;

Lá onde, abrindo as asas ambiciosas,
Possa adejar no espaço luminoso,
Viver de luz mais viva e de ar mais puro,
Fartar-se do infinito!

Musa, desce do alto da montanha
Onde aspiraste o aroma da poesia,
E deixa ao eco dos sagrados ermos
A última harmonia!

# Posfácio

(Carta ao Dr. Caetano Filgueiras)

Meu amigo. Agora que o leitor frio e severo pôde comparar o meu pobre livro com a tua crítica benévola e amiga, deixa-me dizer-te rapidamente duas palavras.

Recordaste os nossos amigos, poetas na adolescência, hoje idos para sempre dos nossos olhos e da glória que os esperava. Tão piedosa evocação será o paládio do meu livro, como o é a tua carta de recomendação.

Vai longe esse tempo. Guardo a lembrança dele, tão viva como a saudade que ainda sinto, mas já sem aquelas ilusões que o tornavam tão doce ao nosso espírito. O tempo não corre em vão para os que desde o berço foram condenados ao duelo infausto entre a aspiração e a realidade. Cada ano foi uma lufada que desprendeu da árvore da mocidade, não só uma alma querida, como uma ilusão consoladora.

A tua pena encontrou expressões de verdade e de sentimento para descrever as nossas confabulações de poetas, tão serenas e tão íntimas. Tiveste o condão de transportar-me a essas práticas da adolescência poética; lendo a tua carta pareceu-me ouvir aqueles que hoje repousam nos seus túmulos, e ouvindo dentro de mim um ruído de aplauso sincero às tuas expressões, afigurava-se-me que eram eles que te aplaudiam, como no outro tempo, *na tua pequena e faceira salinha.*

Essa recordação bastava para felicitar o meu livro. Mas onde não vai a amizade e a crítica benevolente?

Foste além: — traduziste para o papel as tuas impressões que eu, — mesmo despido desta modéstia oficial dos preâmbulos e dos epílogos, — não posso deixar de aceitar como parciais e filhas do coração. Bem sabes como o coração pode levar a injustiças involuntárias, apesar de todo o empenho em manter uma imparcialidade perfeita.

Não, o meu livro não vai aparecer como o resultado de uma vocação superior. Confesso o que me falta que é para ter direito de reclamar o pouco que possuo. O meu livro é esse pouco que tu caracterizaste tão bem atribuindo os meus versos a um desejo secreto de expansão; não curo de escolas ou teorias; no culto das musas não sou um sacerdote, sou um fiel obscuro da vasta multidão dos fiéis. Tal sou eu, tal deve ser apreciado o meu livro; nem mais, nem menos.

Foi assim que eu cultivei a poesia. Se cometi um erro, tenho cúmplices, tu e tantos outros, mortos, e ainda vivos. Animaram-me, e bem sabes o que vale uma animação para os infantes da poesia. Muitas vezes é a sua perdição. Sê-la-ia para mim?

O público que responda.

Não incluí neste volume todos os meus versos. Faltou-me o tempo para coligir e corrigir muitos deles, filhos das primeiras incertezas. Vão porém todos, ou quase todos os versos de recente data. Se um escrúpulo de não acumular muita cousa sem valor me não detivesse, este primeiro volume sairia menos magro do que é; entre os dois inconvenientes preferi o segundo.

Como sabes, publicando os meus versos cedo às solicitações de alguns amigos, a cuja frente te puseste.

Devo declará-lo, para que não recaia sobre mim exclusivamente a responsabilidade do livro. Denuncio os cúmplices para que sofram a sentença.

Não te bastou animar-me a realizar esta publicação; a tua lealdade quis que tomasses parte no cometimento, e com a tua própria firma selaste a tua confissão. Agradeço-te o ato e o modo por que o praticaste. E se a tua bela carta não puder salvar o meu livro de um insucesso fatal, nem por isso deixarei de estender-te amigável e fraternalmente a mão.

Rio de Janeiro, 1º de setembro de 1864

MACHADO DE ASSIS

# Notas da edição de 1864

O dilúvio [p. 46]

E ao som de nossos cânticos, etc.
[p. 48]

Estes versos são postos na boca de uma hebreia. Foram recitados no Ateneu Dramático pela eminente artista D. Gabriela da Cunha, por ocasião da exibição de um quadro do cenógrafo João Caetano, representando o dilúvio universal.

A jovem cativa [p. 55]

Foi com alguma hesitação que eu fiz inserir no volume estes versos. Já bastava o arrojo de traduzir a maviosa elegia de Chénier. Poderia eu conservar a grave simplicidade do original? A animação de um amigo decidiu-me a não imolar o trabalho já feito; aí fica a poesia; se me sair mal, corre por conta do amigo anônimo.

Embirração [p. 75]

Esta poesia, como se terá visto, é a resposta que me deu o meu amigo F*austino* X*avier* de Novais, a quem foram dirigidos os versos anteriores. Tão bom amigo e tão belo nome tinham direito de figurar neste livro.

O leitor apreciará, sem dúvida, a dificuldade vencida pelo poeta que me respondeu em estilo faceto, no mesmo tom e pelos mesmos consoantes.

Cleópatra [p. 78]

Este canto é tirado de uma tragédia de Mme. Émile de Girardin. O escravo, tendo visto coroado o seu amor pela rainha do Egito, é condenado a morrer. Com a taça em punho, entoa o belo canto de que fiz esta mal--amanhada paráfrase.

Os arlequins [p. 82]

Esta poesia foi recitada no Clube Fluminense, num sarau literário. Pareceu então que eu fazia sátira pessoal. Não fiz. A sátira abrange uma classe que se encontra em todas as cenas políticas, — é a classe daqueles que, como se exprime um escritor, depois de darem ao povo todas as insígnias da realeza, quiseram completar-lha, fazendo-se eles próprios os bobos do povo.

Polônia [p. 88]

Eras livre, — tão livre como as águas
Do teu formoso, celebrado rio;
[p. 88]

O rio a que aludem os versos é o Niemen. É um dos rios mais cantados pelos poetas polacos. Há um soneto de Mickiewicz ao Niemen, que me agradou muito, apesar da prosa francesa em que o li, e do qual escreve um crítico polaco: "Há nesta página uma cantilena a que não resiste nenhum ouvido eslavo; foi posta em música pelo célebre Kurpinski. Assim consagrado, o soneto do Niemen correu toda a Polônia, e só deixará de viver quando deixarem de correr as águas daquele rio".

Foi a hora dos hinos e das preces;
[p. 91]

Alude às cenas da Varsóvia, em que este admirável povo ia aos templos cantar ladainhas sobre a música dos hinos nacionais, a despeito da invasão da tropa armada nas igrejas. É sabido que por esse motivo se fecharam os templos.

Maria Duplessis [p. 94]

Em 1858, eu e o meu finado amigo F. Gonçalves Braga resolvemos fazer uma tradução livre ou paráfrase destes versos de Alexandre Dumas Filho. No dia aprazado apresentamos e confrontamos o nosso trabalho. A tradução dele foi publicada, não me lembro em que jornal.

As rosas [p. 99]

... Se a mão de um poeta
Vos cultiva agora, ó rosas, etc.
[p. 100]

O Dr. Caetano Filgueiras trabalha há tempos num livro de que são as rosas o título e o objeto. É um trabalho curioso de erudição e de fantasia; o assunto requer, na verdade, um poeta e um erudito. É a isso que aludem estes últimos versos.

Monte Alverne [p. 103]

A dedicatória desta poesia ao padre-mestre Silveira Sarmento é um justo tributo pago ao talento, e à amizade que sempre me votou este digno sacerdote. Pareceu-me que não podia fazer nada mais próprio do que falar-lhe de Monte Alverne, que ele admirava, como eu.

Não há nesta poesia só um tributo de amizade e de admiração: há igualmente a lembrança de um ano de minha vida. O padre-mestre, alguns anos mais velho do que eu, fazia-se nesse tempo um modesto preceptor e um agradável companheiro. Circunstâncias da vida nos separaram até hoje.

Alpujarra [p. 108]

Este canto é extraído de um poema do poeta polaco Mickiewicz, denominado *Conrado Wallenrod*. Não sei como corresponderá ao original; eu servi-me da tradução francesa do polaco Cristiano Ostrowski.

Versos a Corina [p. 113]

As três primeiras poesias desta coleção foram publicadas sob o anônimo nas colunas do *Correio Mercantil*; a quarta e quinta saíram no *Diário do Rio*, sendo esta última assinada. A sexta é inteiramente inédita.

# Notas sobre o texto

p. 42 A. A edição crítica inclui um ponto-final.
p. 45 A. Na edição de 1864, "guardou-a".
p. 61 A. Essa construção com "vás", hoje pouco usual, é frequente nos escritos de Machado de Assis e por esse motivo foi mantida nos textos em versos.
p. 73 A. Na edição de 1864, "ele".
p. 76 A. Em algumas edições modernas, esse verso abre uma nova estrofe, o que pode ser motivado pelo fato de haver quebra de página entre o verso anterior e esse na edição de 1864.
p. 88 A. Na edição de 1864, "amanhã".
p. 119 A. Na edição de 1864, "foi nascido".
p. 127 A. A edição crítica altera para "o amor de Endimião".
p. 133 A. Na edição de 1864, "Ela".

# Sugestões de leitura


BANDEIRA, Manuel. "Machado de Assis, poeta". In: ______. *Crônicas inéditas 2*. São Paulo: Cosac Naify, 2009, pp. 210-5. (Publicado originalmente em: *Revista do Brasil*, Rio de Janeiro, ano II, n. 12, jun. 1939).

______. *Apresentação da poesia brasileira: Seguida de uma antologia* [1954]. Posf. de Otto Maria Carpeaux. São Paulo: Cosac Naify, 2009, pp. 91-109.

CURVELLO, Mario. "Falsete à poesia de Machado de Assis". In: BOSI, Alfredo et al. (Orgs.). *Machado de Assis*. São Paulo: Ática, 1982, pp. 477-96.

GUIMARÃES, Hélio de Seixas. "Machado de Assis e Faustino Xavier de Novais: O caso das *Crisálidas*". In: SENNA, Marta de et al. (Orgs.). *Machado de Assis e o outro: Diálogos possíveis*. Rio de Janeiro: Móbile, 2012, pp. 109-22.

HOUAISS, Antonio. "Machado de Assis e seus versos". In: ______. *Estudos vários sobre palavras, livros, autores*. Rio de Janeiro: Paz e Terra, 1979, pp. 201-4.

ISHIMATSU, Lorie Chieko. *The Poetry of Machado de Assis*. Valencia; Chapel Hill: Albatros, 1984. (Albatros Hispanófila, 31).

LEAL, Cláudio Murilo. *O círculo virtuoso: A poesia de Machado de Assis*. Brasília: Ludens, 2008.

LEITÃO, F. T. "*Crisálidas*". *Revista Mensal da Sociedade Ensaios Literários*, Rio de Janeiro, n. 10, 5 jun. 1866 (apud MACHADO, Ubiratan (Org.). *Machado de Assis: Roteiro da consagração (crítica em vida do autor)*. Rio de Janeiro: EdUERJ, 2003, pp. 55-9).

MAJOR, M. A. "*Crisálidas*". *Revista Mensal da Sociedade Ensaios Literários*, Rio de Janeiro, n. 6, 1 nov. 1864 (apud MACHADO, Ubiratan (Org.). *Machado de Assis: Roteiro da consagração (crítica em vida do autor)*. Rio de Janeiro: EdUERJ, 2003, pp. 61-5).

MASSA, Jean-Michel. *A juventude de Machado de Assis, 1839-1870: Ensaio de biografia intelectual*. 2. ed. São Paulo: Ed. Unesp, 2009.

MIASSO, Audrey Ludmilla do Nascimento. *Epígrafes e diálogos na poesia de Machado de Assis*. São Carlos: EdUFSCar, 2017.

MIRANDA, José Américo. "O poema 'Sinhá', de Machado de Assis". *Navegações*, Porto Alegre, v. 6, n. 1, pp. 8-15, 2013. Disponível em: <revistaseletronicas.pucrs.br/index.php/navegacoes/article/view/14657>. Acesso em: 31 ago. 2021.

MIRANDA, José Américo. "Os dois primeiros livros de poesias de Machado de Assis: seus títulos, suas semelhanças e diferenças — interrelações". *Caligrama: Revista de Estudos Românicos*, Belo Horizonte, v. 22, n. 1, pp. 87-107, 2017. Disponível em: <dx.doi.org/10.17851/2238-3824.22.1.87-107>. Acesso em: 31 ago. 2021.

OLIVER, Élide Valarini. "A poesia de Machado de Assis no século XXI: Revisita, revisão". In: ______. *Variações sob a mesma luz: Machado de Assis repensado*. São Paulo: Nankin; Edusp, 2012, pp. 245-95.

PEREIRA, Lúcia Miguel. "Primeiros livros: Poesia". In: ______. *Machado de Assis* (*Estudo crítico e biográfico*) [1936]. 6. ed. Belo Horizonte: Itatiaia; São Paulo: Edusp, 1988, pp. 125-32.

SANDMANN, Marcelo. "Presença camoniana na poesia de Machado de Assis: *Crisálidas* (1864), *Falenas* (1870) e *Americanas* (1875)". *Crítica Cultural*, Santa Catarina, v. 3, n. 1, jan./jul. 2008.

TEIXEIRA, Ivan. "*Crisálidas*: Apenas um casulo". In: ______. *Apresentação de Machado de Assis*. São Paulo: Martins Fontes, 1987, pp. 171-5. (Coleção Universidade Hoje).

# Índice de poemas

FUNDAÇÃO ITAÚ

PRESIDENTE DO CONSELHO CURADOR
Alfredo Setubal

PRESIDENTE
Eduardo Saron

ITAÚ CULTURAL

SUPERINTENDENTE
Jader Rosa

NÚCLEO CURADORIAS E PROGRAMAÇÃO ARTÍSTICA

GERÊNCIA
Galiana Brasil

COORDENAÇÃO
Andréia Schinasi

PRODUÇÃO-EXECUTIVA
Roberta Roque

AGRADECIMENTO
Claudiney Ferreira

TODAVIA

TRANSCRIÇÃO DE TEXTO
Audrey Ludmilla do Nascimento Miasso

COTEJO E REVISÃO TÉCNICA
Audrey Ludmilla do Nascimento Miasso

LEITURA CRÍTICA
Luciana Antonini Schoeps

CONSULTORIA
Paulo Dutra

ASSISTÊNCIA EDITORIAL
Gabrielly Alice da Silva
Karina Okamoto
Mario Santin Frugiuele

PREPARAÇÃO
Huendel Viana

REVISÃO
Erika Nogueira Vieira
Jane Pessoa

PRODUÇÃO EDITORIAL E GRÁFICA
Aline Valli

PROJETO GRÁFICO
Daniel Trench

COMPOSIÇÃO
Estúdio Arquivo
Hannah Uesugi

REPRODUÇÃO DA PÁGINA DE ROSTO
Nino Andrés

TRATAMENTO DE IMAGENS
Carlos Mesquita

Este volume faz parte da coleção
Todos os livros de Machado de Assis.

Dados Internacionais de Catalogação
na Publicação (CIP)

---

Assis, Machado de (1839-1908)
Crisálidas : Poesias / Machado de Assis ; organização e apresentação Hélio de Seixas Guimarães. — 2. ed. — São Paulo : Todavia, 2024.
(Todos os livros de Machado de Assis).

Ano da primeira edição original: 1864
ISBN 978-65-5692-625-4
ISBN da coleção 978-65-5692-697-1

1. Literatura brasileira. 2. Poesia. I. Assis, Machado de. II. Guimarães, Hélio de Seixas. III. Título.

CDD B869.1

---

Índice para catálogo sistemático:
1. Literatura brasileira : Poesia B869.1

Bruna Heller — Bibliotecária — CRB 10/2348

**todavia**

Rua Luís Anhaia, 44
05433.020 São Paulo SP
T. 55 11. 3094 0500
www.todavialivros.com.br

oooooooooooooooooooooooooooooooo

As edições de base que deram origem aos 26 volumes da coleção Todos os livros de Machado de Assis oferecem um panorama tipográfico exuberante, como atestam as páginas de rosto incluídas no início de cada obra. Por meio delas, vemos as famílias tipográficas em voga nas oficinas de Paris e do Rio de Janeiro, no momento em que Machado de Assis publicava seus livros. Inspirado por esse conjunto de referências, o designer de tipos Marconi Lima desenvolveu a Machado Serifada, fonte utilizada na composição desta coleção. Impresso em papel Avena pela Forma Certa.